W0238073

CMZ. Wir machen die guten Bücher. Seit 1979.

Foto: Privat

*Heidemarie Schumacher*, Jahrgang 1949, ist Medienwissenschaftlerin, Autorin und Rezensentin des Deutschlandfunks. Sie gehört dem Bonner Literaturhaus als Beirätin im Vorstand an. Seit 2010 veröffentlichte sie zwei Romane und vier Kriminalromane. *Tugendmord* verbindet in einer Kriminalgeschichte den jungen Beethoven und den Blick auf das Bonn des Jahres 1790.

Heidemarie Schumacher

# *Tugendmord*

Beethoven-Krimi

cmz

**Bibliografische Information der Deutschen Nationalbibliothek**

Die Deutsche Nationalbibliothek verzeichnet diese Publikation in der Deutschen Nationalbibliografie; detaillierte bibliografische Daten sind im Internet über http://dnb.d-nb.de abrufbar.

© 2019 by **cmz**-Verlag
An der Glasfachschule 48, 53359 Rheinbach
Tel. 02226-912626, info@cmz.de

Alle Rechte vorbehalten.

Lektorat:
Beate Kohmann, Bonn

Schlussredaktion:
Winrich C.-W. Clasen, Rheinbach

Satz
(Aldine 401 BT 11 auf 14,5 Punkt)
mit Adobe InDesign CS 5.5:
Winrich C.-W. Clasen, Rheinbach

Papier (90 g Lux Creamy mit 1,8 f. Vol.):
Arctic Paper S.A., Poznań/Polen

Umschlagbild: *Porträt einer jungen Frau in Weiß*,
Umfeld von Jacques-Louis David [1748–1825], ca. 1798;
Öl auf Leinwand, 125,5 × 95 cm; National Gallery of Art, Washington

Umschlaggestaltung:
Lina C. Schwerin, Hamburg

Gesamtherstellung:
Bookpress.eu, Olsztyn/Polen

ISBN 978-3-87062-315-9

001–300 • 20191117

www.cmz.de

*Marita Häuser, der lieben Freundin*

# 1

Eine Dezembernacht ist selten lieblich, eine lichtlose noch seltener. Das Schloss, in dessen linkem Flügel das Hoftheater untergebracht war, lag in tiefer Dunkelheit. Die Probe war zu Ende, und die Akteure wollten so rasch wie möglich nach Hause. Am Ausgang blies ein heftiger Wind die Flammen einer Fackel von einer Seite zur anderen. Wie ein Vater ein ungehorsames Kind hin und her zerrt, damit es endlich nachgebe, dachte Ludwig. Als er unter dem großen Torbogen hervortrat, warf ihm eine Böe eisigen Schneeregen ins Gesicht. Im Theater wurde kaum geheizt, Frosthauch drang durch die Ritzen der Bühne, und den Sängern stand der Atem allabendlich als Nebelwolke vor dem Mund. Für ihn als Korrepetitor war es drinnen erträglich; er hatte das Cembalo an den Ofen gerückt. Dafür war ihm draußen doppelt kalt. Er zog die Schultern hoch und drückte das Kinn tief in den weichen Kragen.

Seine Kurfürstliche Hoheit hatte darum gebeten, an Neujahr Mozarts *Don Juan* aufzuführen. Ludwigs Anwesenheit war bei jeder einzelnen Probe erforderlich, am Cembalo oder als Bratschist im Orchester. Die Probe hatte heute länger als üblich gedauert, weil der Sänger des Don Octavio erkrankt war und sein Stellvertreter den Text nicht beherrschte. Trotz Frau Neefes Soufflierkunst musste er immer wieder von vorne beginnen.

Ludwig knurrte der Magen. Seit den beiden eingelegten Eiern zum Frühstück hatte er nichts mehr zu sich genommen. Um sich abzulenken, summte er die Arie des Don Octavio, in der dieser Donna Anna schwört, sie zu rächen.

»Gute Nacht, Ludwig, bis morgen!«

Hinter sich vernahm er Marianne Willmann, die mit der Donna Anna ihre erste große Rolle als Solosängerin bekommen hatte. Er murmelte einen Gute-Nacht-Gruß. Ihr Duftwasser streifte seine Nase, und für einen Augenblick schien es, als ob Veilchen blühten und der Frühling eingekehrt sei. Man schrieb jedoch den fünften

Dezember; es war bitterkalt, und bis Weihnachten waren täglich Proben angesetzt.

Ludwig stolperte an den Hauswänden der geduckten Häuser entlang. Das Licht, das hier und da spärlich aus den Fenstern fiel, markierte ihm den Weg. Er dachte an die großen Häuser Wiens. Er hatte die Stadt nur einmal besucht, aber der Eindruck von Pracht und Größe hatte sich tief in sein junges Gemüt gepflanzt. Wie gerne würde er die Stadt wiedersehen und eine Zeitlang mit seiner engen Heimatstadt vertauschen. Die Reise war beschwerlich gewesen, aber in der Kutsche hatte er zum ersten Mal in seinem Leben gefühlt, wie sich seine Brust weitete, sein Atem tiefer und sein Kopf freier wurde. Er war dem Schicksal dankbar, dass Seine Hoheit, der Kurfürst, aus Wien stammte und damit das lebendige Scharnier zu einem Ort bildete, an dem die Musik wirklich zu Hause war.

Am Eingang von Häusers Weinschänke brannten links und rechts große Laternen. Drinnen saß sein Vater wie jeden Abend beim Würfeln und vertrank seine letzten Groschen. Ludwig ballte unwillkürlich die Fäuste. Dann tauchte vor ihm das neue Rathaus auf, aus dessen Fenstern helles Licht auf den Marktplatz fiel. Nur noch ein paar Meter trennten ihn vom »Zehrgarten«, dem Weinhaus der Witwe Koch. In seinem Magen brannte die Leere. Er würde seinen Stolz überwinden und die Wirtin bitten, ihm auf Kredit ein Stück Brot und eine Bratwurst zu geben.

Ein anderer junger Mann, im Gegensatz zu Ludwig elegant gekleidet, mit einem strahlend hellen Teint und gebürstetem Haar, verließ das Schloss. Am Ende des Ostflügels, jenseits der Straße nach Koblenz, führte ein schmaler Pfad steil zum Rheinufer hinab. Sein Herz klopfte. In der einen Hand hielt er eine Laterne, in der anderen eine Flasche Moselwein. Auf halber Höhe entglitt ihm fast die Leuchte, denn der Pfad war uneben und glatt. Im Nu waren seine seidenen Beinkleider vom Schlamm bespritzt. Sein Herz klopfte so stark, dass er kaum atmen konnte. Er war verliebt und wusste nicht, ob er vor Aufregung oder Kälte zitterte. Dort unten bei den Booten wartete sein Liebster, ein junger Matrose, auf ihn. Es war ihr zweites Stelldichein unter Segeltuch und auf einem Lager von rauen Decken. Der junge Mann stolperte, so schnell es der abschüssige Boden erlaubte, den restlichen Weg zum Leinpfad hinunter. Dort bog er nach rechts ab, wo im flachen Uferwasser, halb eingefroren, ein Dutzend Kähne lag. Das Licht seiner Laterne glomm schwach, aber dort hinten, am Bug eines Bootes, brannte eine helle Lampe. Freudig ging er schneller.

Auf dem Marktplatz rutschte Ludwig zweimal auf Gemüseabfällen aus. Zuerst fiel er auf das Gesäß, dann nach vorne auf die Knie. Beide Mal konnte er gerade noch verhindern, dass ihm der Kasten mit der Bratsche aus den Händen glitt. Er stand fluchend auf und klopfte seine Hosen ab. Von weitem hörte er jemanden weinselig singen. Er erkannte die Stimme. Hoffentlich kam sein Vater nicht auch in den »Zehrgarten«. Ludwig beeilte sich, die schwere Pforte des Weinhauses aufzustoßen. Stimmengewirr und ein Gemisch aus Tabakqualm, Punsch, gekochtem Kraut und feuchtem Brennholz schlug ihm entgegen. Die Wärme umfing ihn wie ein gefütterter Mantel. Das Weinhaus war gut besucht. Musikanten, Handwerker, Marktleute und Hofbeamte drängten sich an den Fässern oder saßen eng beieinander an den kleinen Tischen. Alle suchten in der Härte dieses Winters Trost bei heißem Punsch und bei anderen Menschen. Im Nebenraum sah er Barbara Koch, Babette genannt, die Tochter der Wirtin. Sie hielt Aufsicht in der Lesestube. Ihre Mutter, eine geschäftstüchtige Frau, hatte nach dem Tod ihres Mannes das Nebenzimmer der Schänke zu einem Buchladen umgestaltet. Schöne Literatur, die neuesten Zeitungen und Werke zu Medizin und Religion waren hier zu erwerben oder gegen Gebühr auszuleihen. Und von den Marktweibern bis zum Kurfürsten kamen alle auf ihre Kosten. Die Frauen liehen sich Bände mit Illustrationen aus. Vor allem das neue *Journal des Luxus und der Moden* hatte es ihnen angetan. Während die bürgerlichen Damen Babette die neueste Ausgabe förmlich aus der Hand rissen, nahmen die Marktfrauen mit älteren Ausgaben vorlieb, die Babette aufgeschlagen ins Fenster legte. Dann drückten sie sich zu dritt oder viert die Nasen an der Scheibe platt und bestaunten die Stiche mit den feinen Roben aus London und Paris. Seine Hoheit, der Kurfürst, wiederum las hier im *Bönnischen Intelligenz-Blatt* oder bestellte Neuerscheinungen für die Schlossbibliothek, die seit neuestem auch für die Öffentlichkeit zugänglich war – nicht, ohne sich ausführlich von Babette beraten zu lassen, die offenbar hoch in seiner Gunst stand. Schräg gegenüber am Markt befand sich die kurfürstlich privilegierte Haasische Buchhandlung. Aber die Witwe Koch mit ihrem Geschäftssinn setzte auf ein modernes Sortiment, auf fremdländische Bücher und die Anziehungskraft ihrer Tochter Babette.

Babette lächelte und winkte Ludwig zu. Neben ihr stand Dr. Crevelt, der über dem Weinhaus wohnte und von dem man sagte, er liege nachts bei der Witwe Koch. Ludwig winkte zurück, ging zum Kaminfeuer und wärmte die klammen Finger. Matthias, den jüngeren Bruder Babettes, der die Gäste bediente, bat er, ihm eine gebratene Wurst und ein Stück Brot zu bringen. Dazu legte er ihm die Bratsche in den Arm. »Die geb' ich euch als Pfand. Übermorgen bekomme ich meinen Lohn und werde sie wieder auslösen können.«

Matthias nickte gutmütig. Seine Mutter sah vom Schanktisch misstrauisch zu ihnen hinüber. Ludwig konnte es ihr nicht verdenken. Sein Vater hatte hier hohe Trinkschulden und schon zwei Mal, statt zu zahlen, zu Ludwigs Empörung das Porträt des Großvaters bei ihr versetzt. Ludwig hing sehr an diesem Porträt, zeigte es doch einen Mann, den er sich zum Vorbild genommen hatte. Der alte Louis van Beethoven war nicht nur sein Großvater, sondern auch sein Taufpate und Kapellmeister am Hof gewesen. Ängstlich ging sein Blick zur Tür. Das Erscheinen seines Vaters würde seine Chancen auf ein warmes Essen sehr vermindern. Die Wirtin nahm das Instrument und legte es mit hochgezogenen Brauen auf die Anrichte. Ludwig rückte einen Schemel ans

Feuer und behielt die Tür im Auge, bis Matthias ihm einen Teller mit Wurst und einer guten Kelle Sauerkraut brachte. Er versuchte, seinen wölfischen Hunger zu bezähmen und langsam zu essen. Frau von Breuning, seine Mäzenin, hatte ihm beigebracht, dass das langsame Essen den Genuss erhöhe und den Magen weniger belaste. Eine Magd stellte, »Prosit« nuschelnd, einen Becher Punsch vor ihn hin. Der Vater muss inzwischen den Marktplatz überquert haben, ging es ihm durch den Kopf. Wahrscheinlich hatte die Koch dem Alten den Kredit gekündigt, und er besuchte stattdessen einen seiner trinkfreudigen Nachbarn in der Wenzelgasse. Ludwig entspannte sich und nahm den ersten Schluck.

»Als ob der liebe Gott einem auf roten Samthosen die Kehle hinunterrutschte«, hatte ihm der Schauspieler Lemaître neulich gesagt. Eine wohltuende Wärme breitete sich von der Körpermitte her in ihm aus. Er wischte sich den Mund am Ärmel ab und schaute zu Babette hinüber. Wie fast alle hier, war auch er von der jungen Frau bezaubert: Ihr schwarzes Haar, die mandelförmigen Augen unter schweren Lidern, ihr Kirschmund, mit dem sie so süß zu lächeln verstand. In ihrer Haltung lag etwas Majestätisches, wie bei einer Dame von Stand. Man munkelte, dass Seine Hoheit nur von ihr bedient werden wollte, wenn er den »Zehrgarten« aufsuchte.

Babette war, wie Ludwig, ein gern gesehener Gast im Palais der Familie Breuning, denn sie war mit Eleonore, der Tochter des Hauses, befreundet. Sie hatte oft an Ludwigs Konzerten im Musikzimmer der Breunings teilgenommen und jedes Mal das Wort an ihn gerichtet. Ludwig fiel das Sprechen in Gegenwart junger Damen schwer. Er bestellte einen zweiten Becher Punsch, goss ihn halb hinunter und ging erst dann in Babettes Herrschaftsgebiet.

»Ludwig, guten Abend. Ich soll dich von Lore grüßen!«

Ein schräger Blick von unten und ein Tonfall, den Ludwig nicht recht zu deuten wusste. Er sah vor sich auf den Boden und wich den schönen Augen aus. Wollte sie ihn im Auftrag von Eleonore prüfen? War die Bemerkung kokett gemeint? War sie vielleicht eifersüchtig auf Lore? Wahrscheinlich lag von jedem etwas darin.

Ohne seine Reaktion abzuwarten, fuhr Babette mit weicher Fagottstimme fort: »Am Freitagabend sind wir beide bei den Breunings zum Nachtmahl eingeladen. Kommst du hier vorbei, um mich abzuholen? In der Dunkelheit gehe ich nicht allein.«

Ludwig verneinte. »Da wird dich dein Bruder begleiten müssen. Die Frau Hofrätin weiß, dass ich jeden Abend Probe habe. Es ist nicht nur die Oper, wir bereiten auch das Konzert für Weihnachten vor.«

»Wie schade, da wird sich Lore ärgern.«

Wieder der schräge Blick von unten. Ludwigs Wangen brannten. Nach der Kälte draußen war ihm im Weinhaus warm geworden.

»Lore hat Lektion bei mir wie immer. Zweimal in der Woche, am frühen Nachmittag.«

Babette schien sich wieder auf ihre Arbeit zu konzentrieren. Sie war berühmt für ihre Scherenschnitte. Ludwig sah, wie sie das kleine Instrument vorsichtig um den Kopf einer Figur führte.

»Dann muss sie also nicht auf deine Gesellschaft verzichten?«

»Wir üben zu dritt. Eleonore, Lorenz und ich. Die Frau Hofrätin meint, es schade nicht, wenn Lorenz auch bei der Lektion der Schwester zuhört.«

»Babette, ich kann das Buch nicht finden!« Dr. Crevelt kam von den Bücherschränken zu ihnen herüber. »Guten Abend, lieber Ludwig. Was machen die Proben zur Oper?«

»Wir sind noch ganz am Anfang. Der Tenor ist am Fieber erkrankt. Es geht nicht voran!«

»Das ist bedauerlich, aber bei diesem Wetter sind so viele krank. Ich habe alle Hände voll zu tun. Im Moment suche ich etwas im *Zedler*. Aber den Band S habe ich nicht gefunden.«

Hilfesuchend schaute er auf Babette. Die junge Frau legte ihren Scherenschnitt ab und stand auf. »Ich werde nachsehen. Vielleicht hat jemand das Buch falsch zurückgestellt.«

Der Arzt warf einen Blick auf Babettes Arbeit. »Ah, ein Porträt des Grafen Waldstein. Unsere Barbara hat einen guten Blick für die hohen Herren, nicht wahr, Ludwig?«

Ludwig nickte mürrisch und sagte nichts.

»Hier ist es!« Babette legte den Band der Enzyklopädie vor Crevelt hin. »Was suchen Sie denn?«

»Schauen Sie doch bitte unter *Schwindsucht* nach. Es soll ein bestimmtes Wasser dagegen geben!«

Ludwig wich erschrocken zurück. Hastig leerte er seinen Becher und verließ schnellen Schritts die Lesestube. Bei dem Wort *Schwindsucht* standen ihm schlagartig die Bilder von den letzten Stunden seiner Mutter vor Augen. Er griff nach seinem Überrock und stürzte ins Freie. Die eiskalte Luft schmerzte beim Einatmen. Wie sie mit wachsbleichem Gesicht und Armen so dünn wie Stöcke in den Kissen gelegen hatte. Sie war schon zu schwach zum Sprechen gewesen, als er von der Reise zurückgekommen war. Er erinnerte sich an den hohlen Husten, die gläserne Magerkeit des Gesichts, in dem übergroß die Augen standen, die ihn seitdem verfolgten. So konnte er nicht nach Hause schlafen gehen. Er würde ein Stück laufen müssen, um das Grauen zu verscheuchen. Nächtelang hatte er nach ihrem Tod von einem riesigen schwarzen Vogel geträumt, und jetzt war ihm wieder, als ob große Schwingen über ihm in der Luft rauschten.

Dann bemerkte er, dass die Töne in seinem Kopf waren. In seinen Ohren rauschte das Blut. Er hatte vielleicht den Punsch zu rasch hinuntergegossen. Hinter dem Rathaus stolperte er durch die Dunkelheit bis zur Rheingasse, die steil hinab geradewegs zum Fluss führte. Er passierte das Haus des Bäckermeisters, in dem seine Familie lange Jahre das zweite Stockwerk bewohnt hatte. Die Mutter war damals noch gesund und tatkräftig gewesen. Bei dem großen Hochwasser anno 1784 hatte sie mit kühlem Kopf und großer Ruhe dafür gesorgt, dass alle das Haus im Kahn verließen und trockenen Fußes den höher gelegenen Teil der Stadt erreichten. Niemand war zu Schaden gekommen.

Ludwig lief weiter, bis an den Fluss. Hier unten war die Kälte kaum noch auszuhalten. Selbst das Grauen kapitulierte vor ihr, wie er mit Erleichterung feststellte. Ein schneidender Wind fegte über die großen Lastkähne. Diejenigen, die näher am Ufer lagen, waren eingefroren, andere von einem dichten Kranz aus Eisschollen umgeben. Er lehnte sich, um Schutz vor dem Wind zu finden, an die Außenseite eines holländischen Frachtschiffes, auf dem sich Pökelfässer mit Hering stapelten. Aus dem Inneren hörte er die Mannschaft grölen. Sie hielt sich wohl mit Kartenspiel und Branntwein warm. In seiner Rocktasche fand er noch einen Rest Tabak, den er in eine Tonpfeife stopfte. Am Bug des Frachters flackerte eine Laterne, an der er unter Mühen die Pfeife entzünden konnte. Der Regen war inzwischen in dichten Schnee übergegangen. Er ging ein paar Schritte rheinaufwärts, die Pfeife erlosch, dann kehrte er um. Die Kälte war überwältigend. Er sehnte sich nach seinem Bett.

Als er in die Rheingasse einbog, zerriss plötzlich weiter südlich ein fürchterlicher Schrei die Luft. Nur kurz, aber lang genug, um zu ahnen, dass da etwas passiert war, das kein Tageslicht vertrug. Ludwig blieb stehen. Zu hören waren nur der Wind und die Eisschollen, die knirschend aneinander rieben oder gegen die Boote stießen, entfernt auch das Stimmengewirr der Holländer. Der Schnee fiel jetzt noch dichter. Die Häuser in der Gasse waren kaum noch zu erkennen.

Was war das eben? Er dachte an einen Raubvogel, eine Eule vielleicht, und den grässlichen Schrei der Beute, wenn sich die Krallen in sie bohrten, ein Tier in Todesangst. Er ging schneller. Dann hörte er den Schrei ein zweites Mal, diesmal etwas schwächer. Er lief, Schnee in den Augen, die Rheingasse hoch.

Die Haustür des Bäckermeisters stand halb offen und ließ einen Lichtkegel auf die Straße fallen. Eine Karre mit Säcken stand schräg davor. Ein Schürger hatte wohl noch spät eine Fuhre Mehl geliefert.

Ludwig verbarg sich im Eingang des gegenüberliegenden Hauses und sah, wie Cilly, die Tochter des Bäckers, und ihr Bruder Gottfried herauskamen und dem Mann halfen, die Säcke hereinzuschleppen.

Als die drei im Haus verschwunden waren, betrat Ludwig leise den Flur, schnappte sich eine der beiden Laternen am Fußende der Treppe und schlich vorsichtig die Stufen hoch. Im zweiten Stock hörte er Stimmen. Hinter dieser Tür hatte er seine Kindheits- und Jugendjahre verbracht. Er wusste nicht, wer jetzt dort lebte. Leise stieg er die Treppe weiter hoch bis zum Dachboden, dort, unter einer Luke, stand das Zauberrohr, mit dem man sieben Stunden weit sehen konnte.

Das Dachfenster war schwer vom Schnee. Ludwig öffnete es halb und rückte das große Fernrohr heran. Hier hatte er früher oft in taghellen Vollmondnächten gestanden und auf den silbrig schimmernden Fluss geblickt. Er hatte sich nicht satt sehen können an diesem Schauspiel. Vorsichtig öffnete er die Dachluke noch etwas weiter, Schnee prasselte auf ihn herab, während er langsam das Rohr nach links in Richtung Rhein schob. Nichts war zu sehen, kein Stern durchdrang die Wolken. Vor ihm dehnte sich nur die pechschwarze Nacht. Hier und da bewegte sich ein leuchtender Punkt am Bug eines Kahns, als ob Geisterhände Laternen schwenkten. Angestrengt lauschte er in die Dunkelheit, aber kein Laut war zu vernehmen. Er schloss die Luke, schlich leise wieder nach unten und zog die Haustür hinter sich zu. Es muss ein Raubvogel gewesen sein, beruhigte er sich.

## 2

Das Heim der Beethovens im Perettihaus in der Wenzelgasse war seit dem Tod der Mutter ein trostloser Ort. Wann immer er konnte, zog es Ludwig zu den Breunings und weg vom Vater und den jüngeren Brüdern. Er schaute in die Schlafkammer. Karl und Johann lagen in tiefem Schlaf.

Ludwig hatte vor einem Jahr die Vormundschaft für die beiden übernommen und den Kurfürsten darum gebeten, ihm die Hälfte des väterlichen Salärs zu übergeben. Weil der Vater alles vertrank und nichts mehr übrig blieb für Brot, Schuhe, Halsbinder oder Westen. Der Kurfürst war seinem Gesuch nachgekommen. Inzwischen machte sein jüngster Bruder Johann eine Lehre in der Hofapotheke, Karl hatte eine musikalische Ausbildung angefangen und erledigte nebenher Botengänge für den Hof. Der Vater war wie immer noch nicht zu Hause. Wahrscheinlich schlief er in einem der Nachbarhäuser seinen Rausch aus. In der Küche stand ein Topf mit kalter Bohnensuppe auf dem Tisch. Ludwig kratzte den Rest zusammen. Möglichst leise, denn die alte Wirtschafterin schlief hinter einem Wandschirm in einer Nische. Dann ging er in die Kammer zu den Brüdern und legte sich hin. Wirre Träume von Eulen, die erlegt wurden, nur um wieder lebendig zu werden und sich in menschenfressende Riesenvögel zu verwandeln, ließen ihn hochschrecken.

In den Morgenstunden hörte er, wie der Vater heimkam und fluchend durch den Flur wankte. Er schlief wieder ein, bis ihn ein lauter Schrei weckte. Karl und Johann lagen ruhig da. Er hatte wohl selbst im Traum geschrien. Etwas hatte nach ihm gegriffen und Krallen in seinen Rücken geschlagen. Er stand auf, ging in den Hof und zum Abtritt. Dann wischte er sich mit einer Handvoll Schnee den Schlaf aus den Augen. Das Grauen der letzten Nacht ließ sich leider nicht wegwischen. Es war immer noch da, hinter seiner Stirn. Im Küchenfenster sah er Licht.

Josefa, die Wirtschafterin, hatte einen Topf heiße Milch bereitet und Brot zum Frühstück geholt. Beim Bäckermeister Fischer hätten sie noch Kredit, murmelte die Alte. »Solange wie dat Cilly noch da ist und dat Brot ausjibt.« Josefa war zu Ohren gekommen, dass sich Ludwigs Jugendfreundin mit einem Zimmermann verlobt hatte. Sie würde bald das Elternhaus verlassen. Und dass die Bäckerin, ihre Mutter, nicht gut auf die Beethovens zu sprechen war, wusste man ja. Ludwig tunkte sein Stück Brot in die Milch und saugte den warmen Brocken auf, als sei es sein letzter. Sein Bruder Johann warf ihm ein »Guten Morgen« zu, dann hörte er ihn die Treppe hinunterpoltern. Johann wurde in der Hofapotheke fast täglich wegen Unpünktlichkeit gerügt. Auch heute war es für ihn zu spät, seine Milch zu trinken. Karl und der Vater schliefen noch. Gegen acht Uhr ging Ludwig in die Schlosskirche hinüber, um mit Neefe das Programm für die weiteren Adventssonntage zu besprechen. Der Schnee lag inzwischen zwei Fuß hoch.

Neefe war ein protestantischer Pedant. Er würde ihm lange und umständlich seine Auswahl für die drei Sonntage bis Weihnachten erklären. Obwohl Ludwig rasch ungeduldig wurde, nahm er sich bei Neefe zusammen. Er hatte ihm viel zu verdanken. Die Stelle als zweiter Hoforganist zum Beispiel. Und die Jahre, die Neefe ihn hatte Bach üben lassen, so lange, bis Ludwig das Gefühl hatte, es sei sein eigenes Werk, das aus seinen Fingern und Füßen in die Tasten floss, wenn er an der Orgel saß. Neefe schnäuzte sich mehrfach, er war stark erkältet. Er bat Ludwig um Entschuldigung, dass ihr Gespräch nicht die notwendige Ausführlichkeit haben könne, aber er fühle sich zu krank. Madame Neefe habe ihn gar nicht aus dem Haus lassen wollen, aber er kenne seine Pflicht.

Nachdem sein Mentor mit ihm, immer wieder heftig niesend, das Programm besprochen und ihn allein gelassen hatte, probte Ludwig eine Stunde lang gewissenhaft die ausgewählten Choräle. Dann fing er an, das zu tun, was er beim Musizieren am meisten liebte: über die Themen zu phantasieren und auf das Hier und Jetzt zu vertrauen. Er griff ein Präludium auf, führte es weiter, verlor sich in Abschweifungen, nahm das ursprüngliche Thema kurz wieder auf, probierte Nebenthemen, zunächst heiter, dann fordernd, am Ende rasend, bis zu einem tiefen Schrecken, der zu signalisieren schien, dass nichts, aber auch gar nichts, wieder gut werden würde. Die Orgel schrie spitze Vogelschreie in die leere Kirche, dann dröhnte und brauste sie in tiefsten Tönen, bis Ludwig allmählich wieder leiser wurde, zum Ursprungsthema zurückkehrte und es friedlich und hell weiterführte. Ein Zuhörer hätte sich jetzt nach dem eben erfahrenen Wüten erlöst zurückgelehnt, aber nicht für lange, denn die Erschütterungen setzten nach kurzer Pause wieder ein. Ludwigs Finger, seine Füße, spielten einen derart zornigen Ausbruch, dass man hätte glauben können, die Sintflut sei über die ruhige Schlosskirche hereingebrochen. Nach minutenlangen Crescendi und Decrescendi beruhigte sich sein Spiel und lief allmählich in milder werdenden Läufen aus. Am Ende erklang ein letztes, weit entferntes Donnergrollen, als ob ein Gewitter abgezogen wäre. Ludwig legte den Kopf erschöpft auf seinen Arm, die Tastatur gab ein leises Wehklagen von sich, dann war Stille.

In der Kirche war es frostig kalt, und er freute sich, gleich in das gut geheizte Palais der Breunings zu kommen. Es waren nur ein paar Schritte vom Schloss zum Münsterplatz; der hohe Schnee machte den Weg jedoch mühsam. Obwohl es erst kurz nach zehn war, konnte man kaum die Hand vor Augen sehen. Als er zum Palais kam, waren alle acht Fenster im Erdgeschoss hell erleuchtet.

Ludwig liebte dieses Haus. Es war nicht die Eleganz, innen wie außen, es waren die Wärme und das Licht, die es für ihn zu einem Ort der Geborgenheit machten. Als er dem Hausdiener seinen Umhang und Hut reichte, kam Frau von Breuning im einfachen Hauskleid die Treppe herab und begrüßte ihn mit einem Lächeln.

»Guten Morgen, Ludwig! Lore und Lorenz warten im Musikzimmer auf dich. Ich werde euch heute Gesellschaft leisten. Etwas Musik wird mich vielleicht aufmuntern an diesem trüben Tag.«

Die Hofrätin und ihr Haus waren für Ludwig eins: die Verkörperung von Wärme, Großzügigkeit und Zugewandtheit. Sie war das Haus, und das Haus war sie. Ihr Salon lebte von den vielen ungezwungenen Abenden mit Musik, Plauderei oder ernsthaften Debatten, eingerahmt von guten Speisen und Wein.

Ludwig verbeugte sich und folgte ihr in den Raum, in dem das Klavier und ein Cembalo standen. An den Wänden ringsum gab es Stühle, stumme Zeugen seines Unterrichts, die bei den Hauskonzerten in Reihen aufgestellt wurden. Er wartete, bis Frau von Breuning Platz genommen hatte, und ließ sich neben Eleonore am Klavier nieder. Ihr jüngerer Bruder Lorenz, Lenz genannt, wirkte müde. Er kauerte neben dem Clavichord auf dem Fußboden und blätterte lustlos in seinen Noten. Eleonore hatte offenbar fleißig geübt, sie spielte ihren Part fehlerlos. Ludwig korrigierte ihr Spiel nur an zwei Stellen, die sie mühelos repetierte. Dann forderte er Lorenz auf, neben seiner Schwester Platz zu nehmen. Er wollte die beiden für ein Hauskonzert zu vier Händen vorbereiten.

Lorenz machte fast in jeder Notenreihe einen Fehler und spielte ohne die Verve, die Eleonore vorlegte. Die Hofrätin spendete dennoch freundlich Beifall. In ihrer sanften Art ermahnte sie beide Kinder, auf mehr Genauigkeit im Spiel zu achten.

Ludwig war in dieser Hinsicht großzügiger. Man durfte nicht zu kleinlich mit den Schülern sein, war seine Devise, sonst verloren sie bald die Lust am Spiel. Er selbst war das erste Jahrzehnt seines Lebens Opfer einer oft drakonischen Unterrichtung durch seinen Vater gewesen. Wenn der Schüler kein Musikus werden wolle, dann solle ihn nicht Disziplin, sondern die Liebe zum Spiel leiten, hatte er der Hofrätin versichert. «Eine falsche Note zu spielen, ist unwichtig. Aber ohne Leidenschaft zu spielen ist unverzeihlich!«

Auf Eleonores Wunsch trug er seine dritte Kurfürstensonate vor. Das Mädchen hatte es sich angewöhnt, allen Gästen stolz zu verkünden, dass Ludwig die Sonaten schon im Alter von zwölf Jahren komponiert habe. »Während Kinder wie ich noch mit Puppen und meine Brüder noch mit Ritterburgen spielten, hat Ludwig schon Meisterwerke komponiert!«

Sein Vortrag hatte auch Stephan von Breuning, Ludwigs Freund, ins Musikzimmer gelockt. Er war ein hochgewachsener junger Mann mit hellblonden Haaren und eisblauen Augen, der Ludwigs Gesellschaft so oft suchte, wie es ihm möglich war. Das Leben mit Christoph, seinem älteren Bruder, der wie er Jurisprudenz studierte, und mit den Geschwistern Lore und Lenz befriedigte sein auf Abenteuer gestelltes Gemüt nicht. Ludwig hingegen, mit seinem ungestümen Wesen und seiner tiefen Verbundenheit mit der Kunst, bot seinem Hunger nach Abwechslung mehr Nahrung, als die abendlichen Gespräche mit der Mutter oder dem ernsten Christoph es konnten. Als er die Kurfürstensonate erklingen hörte, hatte er seine juristischen Lehrbücher erleichtert geschlossen und war nach unten ins Musikzimmer gegangen. Bis auf Lorenz, der auf dem Bauch lag und zwei bunte Ritter aus Holz in einen dramatischen Kampf verwickelte, hörten alle Ludwigs Spiel konzentriert zu.

Familie Breuning verstand viel von Musik, aber es war Eleonore, die genau registrierte, was neu und anders war, wenn Ludwig spielte. Ihre Augen weiteten sich, als sie mitbekam, wie der junge Pianist den letzten Satz seiner Sonate mit weitläufigen Phantasien und einer Coda ausschmückte. Sein Spiel war heute düsterer als sonst. Ein bedrohlicher Unterton hatte sich eingeschlichen, der zweimal von schrillen Dissonanzen unterstrichen wurde. Dann ebbte der Fluss langsam ab, und alles lief in einem weichen wehmütigen Etwas ohne eigentlichen Abschluss aus.

Eleonores Gesicht glühte vor Bewunderung. Als Ludwig aufstand, klatschte sie emphatisch Beifall. Ludwig verbeugte sich vor der Hofrätin, Schweiß stand ihm auf der Stirn und der Oberlippe. Die Hofrätin, die unter einem winzigen nervösen Tic litt, bei dem sich ihre rechte Wange so nach oben zog, als ob sie das Auge zukneifen oder jemandem zuzwinkern wollte, sah ihn dreimal zwinkernd an und lobte seinen Vortrag. Auch ihr war der beunruhigende Aspekt in der heutigen Darbietung nicht entgangen. In diesem Augenblick kam ein Diener herein und meldete, dass der Tisch bereit sei. Helene von Breuning fragte den jungen Künstler, ob er zum Essen bleiben wolle. Ludwig dankte erfreut. Es hatte schon im Vestibül so gut gerochen, und nach dem Unterricht nahm er gewöhnlich an den Mahlzeiten teil.

»Heute wird uns Waldstein Gesellschaft leisten«, bemerkte die Hofrätin. »Unser Onkel, der Öhm aus Kerpen, hat uns aus seiner Jagd einen Hirsch geschickt. Waldstein ist verrückt nach Wildbret, da habe ich die Köchin gebeten, uns eine Keule aufzutragen.«

Ludwig nahm zwischen Eleonore und Lorenz Platz. Stephan von Breuning geleitete eine alte Tante der Hofrätin zu Tisch. Etwas verspätet traf auch der auswärtige Gast ein.

»Herr Geheimrat Graf Waldstein«, meldete der Diener.

»Küss die Hand, liebe Helene! Spät wie immer, ich weiß. Aber ich wurd' aufgehalten bei Hof!«, rief der Graf schon von der Tür und beugte sich dann über die Hand seiner Gastgeberin. Die Hofrätin nickte ihm gelassen zu. »Nimm Platz, lieber Ferdinand. Es gibt Hirsch!«

Waldstein machte der Hofrätin wortreich Komplimente. Wie sie ihre Gäste verwöhne, sich ihre Lieblingsspeisen merke, nie einen Jahrestag vergesse und dass auch kleinste Dinge ihrer Aufmerksamkeit nicht entgingen, wenn es um das Wohl jedes Einzelnen ging. Alles in weichem, wienerisch gefärbtem Dialekt. Ludwig hatte seinen Löffel ungeduldig wieder abgelegt. Diese ganzen Förmlichkeiten waren ihm zuwider. Zu Hause musste man schnell sein und sich auf das Essen stürzen, bevor die beiden Brüder das meiste verschlangen. Hier ging alles quälend langsam voran, während er vor Hunger umkam. Endlich gab Frau von Breuning ein Zeichen und wünschte allen einen guten Appetit.

Nach der Suppe wurde der Hirsch aufgetragen. Der Diener legte Ludwig ein großes Stück Fleisch vor, dazu zwei helle Klöße und Rotkohl. Der junge Mann beteiligte sich nicht am Tischgespräch, sondern aß schnell und konzentriert. Eleonore stieß ihn einmal sanft mit dem Ellbogen an. Sie hatte den missbilligenden Blick der Tante aufgefangen, als Ludwig sich mit dem Kopf zu tief über den Teller beugte. Ludwig setzte sich für einen Augenblick gerade hin und zog die Schultern nach hinten. Auch betupfte er sich pro forma den Mund. Er hatte in diesem Haus gelernt, dass man zwischen den Bissen eine Pause machte und das Gespräch in Gang hielt, aber er hatte im Gegensatz zu seinen Tischnachbarn seit drei Tagen nicht viel in den Magen bekommen.

Um in Ruhe weiter essen zu können, fragte er den Grafen Waldstein, ob sein Bruder noch den Casanova zu Gast auf Schloss Dux habe. Seine Rechnung ging auf. Der redselige Waldstein kam auf sein Lieblingsthema, die illustren Gäste seines Bruders auf dem heimatlichen Schloss in Böhmen, und er erzählte von dessen berühmtem Bibliothekar, Giacomo Casanova. Der Mann sei ja dermaßen anspruchsvoll, unvorstellbar. Sein Bruder habe die liebe Not mit ihm.

»Das können's sich net vorstellen, meine lieben verehrten Damen! Mein Bruder hat es längst bereut, den Casanova eingestellt zu haben. Unser Freund, Fürst de Ligne, hat mir nach seinem jüngsten Besuch geschildert, wie es sich mit dem Casanova ausgeht: Es gebe keinen Tag, an dem sich der Venezianer nicht über seinen Kaffee, seine Milch oder den Teller Makkaroni beschwere, den er täglich verlangt. Dann jammere er, der Graf habe ihm nicht als Erstem guten Morgen gewünscht. Die Suppe sei ihm absichtlich zu heiß serviert worden. Ein Diener habe ihn warten lassen. Er sei einem berühmten Besucher nicht vorgestellt worden; der Graf habe ein Buch verliehen, ohne ihn davon zu verständigen. Er habe seine französischen Verse deklamiert, und jemand habe gelacht – so gehe das den lieben langen Tag. Aber Dux verlassen will er auch nicht!«

Die Tante der Hofrätin sah mit säuerlicher Miene auf: »Casanova? Von diesem Wüstling hat man sogar bei uns in der Eifel gehört! Ist er nicht ein entflohener Verbrecher? Und dem vertrauen Sie Ihre Bibliothek an?«

Die Hofrätin betupfte sich die Oberlippe.

«Den Büchern wird er schon nicht schaden, liebe Tante. À propos Wüstling. Ludwig, geht es voran mit dem *Don Juan*? Unsere Bonner werden nicht begeistert sein. Eine Oper über einen Wüstling und Mörder!« Ludwig kaute gerade an einem zähen Stück Fleisch. Waldstein kam ihm zu Hilfe.

»Ich habe noch gestern mit Seiner Hoheit über die Oper gesprochen. In Prag hatte Mozart großen Erfolg. Der Kurfürst ist zu seinem Geschmack nur zu beglückwünschen. Er hat sogar einen Scherz gemacht. Er sei froh, dass Mozart ihm *Il re pastore* und nicht den *Don Juan* gewidmet habe! Den *Don Juan* hätte ihm das Kölner Domkapitel nie verziehen!«

Alle, mit Ausnahme der Tante, lachten. Der Kurfürst war bekannt für seine Sarkasmen. Waldstein setzte hinzu: »Und um seine Untertanen vorzubereiten, hat Seine Hoheit vor, ihnen die Oper im *Intelligenz-Blatt* zu erläutern.«

Ludwig hatte ein großes Stück Braten mit einem Schluck Rotwein heruntergespült. In seinem Gesicht spiegelte sich Widerwille.

Die Hofrätin blickte zu ihm herüber. »Was ist deine Meinung, Ludwig? Du bist unser Fachmann für Musik!«

Ludwig zögerte, dann schaute er düster in die Runde. »Ich verstehe nicht, wie ein so Großer wie Mozart seine Kunst an diesem Sujet erprobt, ein Wüstling, ganz recht, gnädige Frau!«

Zum Erstaunen aller meldete sich die Tante erneut zu Wort. »Aber nein! Ich war bei der Uraufführung in Prag dabei, mit meinem seligen Gatten. Immerhin geht es hier um Kunst. Und bei Mozart wird der Wüstling am Ende bestraft!« Dann setzte sie in spitzem Ton hinzu: »Er wird gerichtet und geht zugrunde, und nicht in einer gräflichen Bibliothek gehalten und durchgefüttert!«

»Casanova ist kein Mörder wie der Don Juan in der Oper, gnädige Frau«, wandte Waldstein ein. Frau von Breuning richtete das Wort wieder an Ludwig, wobei sie ihr Tic zwang, dreimal heftig zu zwinkern. Sie mochte keine Debatten bei Tisch.

»So sage er doch, warum er gegen die Oper ist, Ludwig!«

Ludwig zog die Brauen zusammen und schaute auf seinen Teller, den er mit einem letzten Stück Brot blank gewischt hatte. »Eine Oper sollte ein Ideal haben. Einen Mörder und Wüstling wie Don Juan am Ende zu bestrafen, das ist noch kein Ideal. Das ist doch selbstverständlich. Der Schiller, der hat ein Ideal, ›Bettler werden Fürstenbrüder‹, das klingt nach einem Ideal! Wenn ich mal eine Oper komponiere, dann nur eine mit Ideal.«

Die Leidenschaft hatte Ludwigs Gesicht gerötet.

Waldstein lächelte und legte eine Hand auf seinen Arm. »Ganz recht, Ludwig. Und habe ich dir nicht neulich geraten, Schillers Gedicht *An die Freude* zu vertonen? Aber ich möchte auch daran erinnern, dass unser Mozart in Figaros Hochzeit einen Kammerdiener und eine Zofe über das Fürstenpaar stellt, und das zu einer Zeit, als man noch nicht die Ideen aus Frankreich vom Katheder predigte!«

Die Röte in Ludwigs Gesicht verstärkte sich. »Und warum darf der Herr Don Juan sich dann die Frauen nehmen, wie er will?« Er hatte die Frage laut und drohend gestellt und seine Faust dabei auf den Tisch fallen lassen, so dass Teller, Besteck und Fingerschalen vor ihm einen kleinen Satz machten.

Die Tante sah erschüttert zu ihm hinüber und murmelte halblaut etwas von Kutschermanieren. Die Hofrätin versuchte, die Situation zu retten. Heftig zwinkernd, aber gelassen, erläuterte sie der Tischgesellschaft, dass Ludwigs Benehmen durchaus nicht ungewöhnlich sei.

»Ich habe unseren Ludwig schon oft gewarnt! Er muss sich hüten, seinen Raptus zu bekommen, will sagen, er muss lernen, seinen Zorn zu beherrschen, sonst nimmt es noch ein böses Ende mit ihm.«

Ludwig drückte sein Gesicht tief in den Kragen und versuchte, seine Wut zu verbergen. Erst als Eleonore ihre kühle kleine Hand heimlich auf die seine legte, spürte er, wie sein Ärger verebbte.

Inzwischen war Stephan von Breuning, um Ludwig zu Hilfe zu kommen, aufgesprungen und hatte das Wort ergriffen.

»Darf ich aus dem fernen Spanien des Don Juan in unser kleines Bonn zurückkommen und dem Gespräch eine Wende geben, Maman?«

Die Hofrätin nickte erleichtert. Politische Debatten und unangemessenes Verhalten ihrer Gäste in Gegenwart der konservativen Tante konnten eine ganze Mahlzeit verderben.

»Bitte, Steffen!«

Der junge Breuning warf seinen Kopf in den Nacken und machte eine kleine Pause, um die Bedeutung seiner Rede zu steigern. Alle sahen auf, nur Ludwig hatte sich noch etwas vorlegen lassen und zerrte mit seiner Gabel den letzten Kloß auseinander. Erst als er sich der Aufmerksamkeit der Tischgesellschaft durch die plötzlich eingetretene Stille sicher sein konnte, hob Stephan an. »So kommen wir von den Idealen der Kunst zu den Niederungen in unserer Stadt! Da gibt es erschreckende Neuigkeiten, die vielleicht für die Ohren der Damen nicht geeignet sind! Aber Sie werden ohnehin vielleicht bald im *Intelligenz-Blatt* davon lesen!«

Er machte wieder eine kleine Pause und sah mit leuchtenden Augen in die Runde. Frau von Breuning klopfte ungeduldig mit dem Ring ihres Mittelfingers auf den Tisch.

»Nun spann uns nicht länger auf die Folter, Steffen!«

»Nun also. Heute Morgen hat man einen vom Schloss, einen Pagen, tot am Rhein aufgefunden!«

Die Hofrätin ließ erschrocken ihre Gabel fallen.

»Ich habe es geahnt. Bestimmt ist er im Eis eingebrochen und ertrunken. Ich warne Lorenz jeden Tag, dass er mir das Eis nicht betritt!«

»Nein, Maman« widersprach Stephan. Erneut machte er eine kleine Pause. Dabei zog er eine Schnute wie ein Mädchen und riss die blauen Augen weit auf. »Der Page wurde ermordet. Ich habe es eben auf dem Markt von einem der Gendarmen gehört, die ihn zum Schloss hochgebracht haben.«

Die Tante stieß einen spitzen kleinen Mäuseschrei aus und nestelte ängstlich an ihrer Halskrause. Die Hofrätin hob eine Hand und unterbrach ihren Sohn. »Lass es gut sein, Steffen, erspare uns die Details!«

In die allgemeine Stille hinein winkte sie dem Diener. »Man reiche die Nachspeise!«

Alle am Tisch aßen mit betroffenem Schweigen die Eierspeise mit eingemachten Kirschen. Man hörte nur ab und zu das Geräusch eines Löffels an Porzellan oder das feine Schmatzen der Tante, die nur noch über wenige Zähne verfügte. Ludwig hatte Stephans Bemerkung ins Mark getroffen. Er war zusammengezuckt, und sein sonst so dunkler Teint war bleich geworden. Das Kirschkompott in seiner Schale mischte sich blutig rot mit dem Eischnee seines Desserts. Er löffelte die Süßspeise hastig in sich hinein, damit sie aus seinen Augen verschwände. Dann verschluckte er sich, hustete in sein Mundtuch und rang nach Atem. Eleonore hatte als Einzige bemerkt, wie sein Gesicht fahl geworden war.

»Ludwig, ist dir nicht wohl?«, flüsterte sie. Ludwig ließ das Tuch sinken. Das Kirschkompott hatte auch auf dem Damast dunkelrote Flecken hinterlassen. Er sprang auf.

»Wenn die Frau Hofrätin mich entschuldigen wollen. Mir geht es schon seit heute Morgen nicht gut. Ich werde nach draußen gehen, in der Hoffnung, dass sich mein Zustand bessert.«

Er verbeugte sich kurz und verließ den Speisesaal.

Kein Tier. Ein Mensch hatte dort in höchster Not geschrien. Ein Mensch war umgekommen. Hätte er ihm helfen müssen? Hätte er es gekonnt? Zwischen ihm und dem Opfer hatte doch die Winternacht ihr schwarzes Tuch gespannt. Draußen ging er benommen die Straße hoch in Richtung Markt. An Sankt Remigius, seiner alten Taufkirche, blieb er stehen und nach kurzem Zögern ging er hinein. *Requiescat in pace.* Er faltete die Hände und bat Gott, an den er eigentlich nicht glaubte, die arme Seele des Pagen in Frieden ruhen zu lassen.

## 3

Ludwig hatte morgens den Orgeldienst versehen, nachmittags als Bratschist im Orchester gewirkt und saß jetzt in der abendlichen Probe für die Oper. Der Sänger des Don Juan schritt geziert zur Rampe, um nach den ersten Tönen langsam wieder zurückzugehen. Bei der Szene, in der er sich mit dem Komtur duelliert, hielt er den Degen wie einen Spazierstock in der Hand und legte seinen Kopf kokett zur Seite. Ludwig, der den Gockel vom ersten Tag an nicht hatte leiden können, sprang vom Cembalo auf und rief ihm zu, dass er so niemanden erstechen werde. Johanna Averdonk, Hofsängerin, die den Part der Donna Elvira hatte, versuchte zwischen den beiden zu vermitteln. Ludwig war schon mit ihr zusammen als Kind in Köln aufgetreten, sein Vater hatte Johanna Gesangsunterricht gegeben, darum hörte er ihr höflich zu.

Bei den Proben sei ja nicht alles so wie bei der richtigen Aufführung, meinte die Sängerin in Ludwigs Richtung. Obschon man auch hier so agieren sollte, dass ein Zuschauer die Szene verstehen könne, auch wenn er des Italienischen nicht mächtig sei, bemerkte sie in Richtung des Don Juan.

Ludwig setzte sich wieder hin und schlug das Cembalo härter an als gewöhnlich, in der Hoffnung, etwas Leben in den Sänger zu bringen. Der Mann verharrte jedoch in seiner Pose, bis Ludwig zornig schrie: »Mein Herr, Sie morden gerade, das ist kein Gabelfrühstück!«

Der Mime erstarrte und blickte unverwandt in den dunklen Zuschauerraum. Wer wagte es, ihn so zu kritisieren? Dann wiederholte er die Szene, ohne sein Spiel auch nur im Geringsten zu verändern.

Ludwig kochte innerlich. Der Kurfürst würde bei Mozart, den er persönlich kannte, besonders viel Wert auf eine gute Umsetzung legen. Mit dieser Truppe würde die Inszenierung ein Trauerspiel. Hilfesuchend sah er sich nach Luchesi um, der aber heute Abend verhindert zu sein schien. Sein Stuhl war jedenfalls unbesetzt. Dann fiel ihm ein, dass Frau Neefe angekündigt hatte, der Herr Operndirektor komme später. Bei der Szene, bei der Don Juan in die Hölle fährt, tauchte Luchesi plötzlich auf. Er stocherte mit einem Hölzchen in seinen Zähnen und rief: »Das Ganze noch mal! *Ripeti, per favore! Subito!* Das kann so nicht bleiben!«

Der Sänger ließ sich jetzt rückwärts fallen, wo man für ihn hinter der Bühne einen Berg Kissen aufgestapelt hatte. Dabei riss er einen Teil der Kulisse um, die, mit großen Flammen bemalt, die Tore der Hölle darstellen sollte. Dort lag er wie ein dicker Frosch und rührte sich nicht. Bei seinem Fall hatte er ein gedehntes »Oh« gerufen, von dem im Zuschauerraum kaum etwas zu vernehmen war. Luchesi kaute wie wild auf seinem Zahnstocher herum und fluchte leise auf Italienisch. Ludwig brauste ein zweites Mal auf.

»So schreit doch kein Mensch, der stirbt! Geben Sie sich doch einmal Mühe, mein Herr!«

Das war für den Mimen zu viel. Er kämpfte sich aus den Kissen, klopfte seine Hosen aus und schrie in Ludwigs Richtung. »Unerhörtes Betragen! Wie kann Er es wagen, mich zu belehren? Er sitzt doch nur da am Cembalo und macht gar nichts! Ich werde Beschwerde beim Fürsten gegen Ihn einlegen. So kann ich nicht arbeiten!«

Ludwigs Gesicht glühte. Am liebsten hätte er den Sänger geschlagen. »Dann geh Er doch zum Fürsten! Nach dieser Leistung wird Er ihn sowieso nicht mehr wiedersehen!«

Der Sänger gab einen lauten Schrei von sich und drohte Ludwig mit der Faust. »Mit diesem Menschen arbeite ich nicht mehr!«

Ludwig ließ sich wieder auf seinen Stuhl fallen und rief erleichtert: »Er kann doch schreien. Dann tue Er es auch!«

Auch Luchesi klatschte in die Hände und rief: »*Bravo! Benissimo!* So schreien Sie gut. Schreien Sie, so laut Sie können, wenn Sie fallen! Das macht man so, wenn man stirbt!«

Das wilde Tier in ihm. Ludwig erinnerte sich an eine Wanderung im tiefen Wald mit Stephan und Christoph, als auf einmal hinter ihnen etwas durch das Gebüsch brach. Ein bedrohliches Grunzen, stampfende Hufe, und Christoph schrie, sie müssten jetzt so schnell wie möglich laufen. Es war ein wütender Eber gewesen, dessen Zorn sie auf sich gezogen hatten. Sie liefen, so schnell sie konnten, bis zu einer großen Lichtung und ließen sich dort außer Atem ins Gras fallen. Sie hatten Glück, das Untier hatte wohl kehrtgemacht. Und immer, wenn er später einen Wutanfall bekam, musste er an diesen Eber denken. Doch nichts, auch die frechsten Streiche seiner Brüder nicht, weckte in ihm so das wilde Tier wie der Vater. Die Hofrätin hatte bei seinen spontanen Ausbrüchen, die sie kannte, seit er mit vierzehn Jahren als Klavierlehrer in ihr Haus gekommen war, von einem *Raptus* gesprochen. Als ob ein Riss durch den Jungen ginge, hatte sie ihren Freundinnen beim Tee erläutert, und Ludwig hatte seitdem, wenn er bei ihnen zu Gast war und die Wut in sich aufsteigen spürte, warnend gesagt: »Vorsicht, nich dat ich meinen Raptus han!«

Der Streit auf der Probe war jedoch nur ein Geplänkel gewesen und seine Wut schnell verraucht. Danach war er zum Sänger hingegangen und hatte sich entschuldigt. Der hatte die Entschuldigung gutmütig angenommen. Er hatte Ludwig sogar gefragt, wie er denn zu schreien habe, was Ludwig sich da vorstelle, und Ludwig stieß daraufhin einen entsetzlichen Schrei aus, so wie den, den er in der Nacht gehört hatte, als der Page starb. Alle Anwesenden unterbrachen ihre Gespräche und starrten entgeistert zu ihm herüber. Ludwig verbeugte sich leicht und klopfte dem Sänger auf die Schulter. »So, in dieser Art! Die Zuschauer sollen sich ordentlich gruseln. Dem Kurfürsten wird es gefallen!«

Zu Hause in der Wenzelgasse saßen die beiden Brüder in der Küche. Die alte Wirtschafterin schlurfte heran, schloss die Anrichte auf und holte einen Teller heraus. Sie hatte Ludwig einen Mehlfladen und etwas Schmalz aufbewahrt und vor den immer hungrigen Brüdern gerettet. Er setzte sich zu den beiden jungen Männern, die würfelten und Pfeife rauchten.

»Ludwig, hast du schon von dem Toten gehört, den man am Rhein gefunden hat? Der Johann hat es in der Apotheke mitbekommen.« Sein Bruder Karl sah bei seiner Frage nicht auf.

Ludwig nickte. »Hab was gehört!«

Karl schüttelte den Würfel zwischen den gekrümmten Händen und ließ ihn auf den Tisch fallen. »Es war ein Page seiner Hoheit. Gerade achtzehn Jahre alt.«

Johann, der jüngere der beiden, schniefte. Er war erkältet, und seine Nase lief. »Ja, ein Kammerherr des Kurfürsten hat ihn noch zurückhalten wollen, weil sich seit neuestem Lumpen des Nachts im Hofgarten herumgetrieben hätten, aber der wollte partout hinaus in die Dunkelheit!«

Karl schüttelte sich. »Warum einer freiwillig bei diesem Wetter nach draußen geht, will mir nicht in den Kopf. Ich bin an dem Abend auch spät nach Hause gekommen und hab mich sofort ins Bett gelegt! So finster war die Nacht, und der Schnee legte sich einem auf die Augen!«

»Von wo bist du hergekommen?« Ludwig dachte an den furchtbaren Schrei jener Nacht. Wenn nun sein Bruder in Gefahr gekommen wäre! Er beugte sich tief über seinen Fladen mit Schmalz, damit man ihm den inneren Aufruhr nicht ansehen konnte.

Karl würfelte erneut, bevor er antwortete. Das Glück schien ihm nicht gewogen. »Vom ›Zehrgarten‹«, murmelte er verdrossen. »Ich hab mit dem Matthias Koch und zwei anderen Karten gespielt. Ich bin erst spät dazu gestoßen, weil ich in der Residenz eine Lieferung Wachslichter abgeben musste. Mir taten danach alle Knochen weh. Sämtliche Schürger sind wegen des Schnees zu Hause geblieben. Im Schloss fehlten Lichter, und man hat mich dreimal losgeschickt. Mit der schweren Kiepe durch den Schnee, das war kein Spaß.«

Johann beugte sich vor, wischte seine Nase am Ärmel ab und senkte seine Stimme. »Der Apotheker hat sich sehr abfällig über den Toten geäußert. Er sei sehr weibisch gewesen und habe ihn nach Schönheitstinkturen gefragt. Er soll sich im Sommer nachts mit jungen Männern in den Büschen am Rhein getroffen haben.«

»Und woher weiß der Herr Apotheker das?«, warf Karl skeptisch ein. Dann hellte sich sein Gesicht auf, und er zeigte triumphierend auf die Würfel. »Diesmal habe ich gewonnen!«

Johann beachtete ihn nicht und tat wichtig. »Dem Apotheker wird so manches zugetragen. Man geht von einem Händel aus; einen Stich in den Bauch und eine durchschnittene Kehle soll er gehabt haben!«

Die Wirtschafterin bekreuzigte sich. Sie tat meist so, als sei sie taub; offenbar hatte sie Johann aber genau verstanden.

Ludwig sagte nichts mehr und ging schlafen.

## 4

Nach der sonntäglichen Messe begleitete Ludwig seinen Freund Stephan nach Hause, um mit den Breunings zu frühstücken. Auch der Arzt Franz Wegeler, der ihn seinerzeit Frau von Breuning als Klavierlehrer empfohlen hatte, war zu Besuch. Der Tisch war wie immer üppig gedeckt, und Ludwig dachte mit Bitterkeit daran, dass bei ihnen zu Hause die Hälfte des hier angebotenen Brotes während eines ganzen Monats nicht auf den Tisch kam. Die anderen Köstlichkeiten wie Prager Schinken, belgische Würste, Käse oder Blechkuchen waren in ihrem Haus gar nicht mehr vorstellbar, seit die Mutter gestorben war.

Die Tischgesellschaft unterhielt sich angeregt. Auch Waldstein und der alte Onkel aus Kerpen waren anwesend. Die jüngeren Leute saßen an dem einen, Frau von Breuning mit ihrem Onkel und Waldstein am anderen Tischende. Helene von Breuning tat, als höre sie dem Gespräch des Onkels mit dem Grafen zu, war in Gedanken jedoch bei den jungen Leuten, die sie aufmerksam beobachtete.

Ludwig sieht wie immer derangiert aus, ging es ihr durch den Kopf. Bei der Begrüßung habe ich Flecken auf seiner Weste entdeckt, sein Haar war nicht gebürstet, seine Schuhe starrten vor Schmutz. Ich weiß, dass sich zu Hause niemand um ihn kümmert. Er ist ein so hübscher junger Kerl. Wenn man ihn ausstaffierte, könnte er durchaus wie von Stand wirken. Franz Wegeler ist aus Wien zurückgekommen und arbeitet nun in Bonn in der Gerichtsmedizin. Mein Vater war Leibarzt des Kurfürsten Max Friedrich, und ich erinnere mich noch gut, wie ich den jungen Wegeler, der einer Handwerkerfamilie entstammt, als Medizinstudent in meinen Kreis aufgenommen habe. Und Franz brachte eines Tages den damals vierzehnjährigen Ludwig mit und schlug ihn als Klavierlehrer vor. Dafür bin ich ihm dankbar. Wegeler hat so eine rechtschaffene und langweilige Art, das Gesicht eines Schulmeisters, durch und durch bieder, wodurch man ihn leicht unterschätzt. Er ist ungemein klug und tatkräftig und hat dabei nur Augen für Lore. Lore ist heute ganz rosig vor Aufregung und hat nur Augen für den jungen Beethoven. Wie Ludwig da sitzt, ganz in sich versunken, als sei er gar nicht anwesend. Er bemerkt sie nicht. Die Atmosphäre unerfüllter Sehnsüchte, wie sie fast immer zur Jugend gehört, verleiht den jungen Leuten etwas Melancholisches. Lore plant seit Tagen einen Ball zu ihrem Geburtstag, und sie möchte ein Klavierstück zu vier Händen zusammen mit Ludwig vortragen. Sie verspricht sich wohl viele Stunden Proben mit ihm. Wie hübsch sie aussieht! Das Kleid aus grauem Atlas mit der violetten Schärpe steht ihr gut. Ihre Augen glänzen wie frische Kastanien und betonen ihre rosa Wangen. Sie war immer der Liebling meines Mannes. Ich werde mich demnächst nach einem Gatten von Stand für sie umsehen müssen.

Ihr Sohn Stephan trat an sie heran und unterbrach ihre Gedanken mit einer kleinen, wie immer emphatischen Ansprache.

»Es ist ein so schöner Tag, liebe Mama. Franz, Ludwig und ich wollen hinaus. Wenn du erlaubst, lasse ich anspannen. Wir fahren bis Poppelsdorf und von da wandern wir den Kreuzberg hinauf.«

Frau von Breuning nickte. »Ein schöner Plan, Steffen. Wir erwarten euch dann zum Abendessen zurück! Lore und Lenz können derweil den Onkel mit ihren neuen Klavierstücken unterhalten!«

Eleonore machte ein enttäuschtes Gesicht, denn der Ausflug würde sie von Ludwig trennen, Lenz schmollte, weil auch er lieber hinaus in den Schnee gelaufen wäre. Aber beide fügten sich, denn die Mutter hatte ihnen für den Abend eine Lesung aus den neuen Büchern versprochen, die Babette Koch am Tag zuvor gebracht hatte.

Draußen überredete Franz seinen Freund Stephan, die Pferde wegen des hohen Schnees zu schonen und den ganzen Weg zu Fuß zu machen. Ludwig blieb etwas hinter den beiden Freunden zurück. Sie wanderten bis zur Baumschule, einer Anpflanzung, in deren Mitte sich das vom Kurfürsten errichtete Lusthäuschen und ein großer Amüsierbetrieb befanden. Um den jetzt verschneiten Garten standen Buden. Im Sommer wurde hier bei gutem Wetter aufgespielt und getanzt, vom kurfürstlichen Gärtner Milch, Kaffee, Siebkäse, Wein, Wasser und Obst angeboten. Der Kurfürst selbst wanderte bei schönem Wetter hierhin, trank Kaffee und machte vom Fenster des Pavillons aus Schießübungen. Jetzt im Winter schenkte man Punsch aus und verkaufte warme Brezeln.

Die Freunde bestellten sich heißen Wein mit Honig und sahen jungen Männern zu, die mit Schneebällen versuchten, eine Zielscheibe an einem Baum zu treffen. Alle lachten und johlten. Einer von ihnen, den die anderen Paul riefen, traf besonders oft und ging als Sieger aus dem Wettbewerb hervor. Alle prosteten Paul zu, und eine junge Frau legte ihm eine Efeuranke um den Hals. Wieder lautes Gejohle und Geklatsche. Dann spielte jemand auf einer Ziehharmonika, und einige Paare fingen an zu tanzen. Paul hob das Mädchen hoch und schwenkte es in der Luft umher. Es jauchzte und tat, als ob es sich fürchtete, aber sein Gesicht glühte und die Augen strahlten vor Ausgelassenheit und Glück.

Ludwig gefielen die einfache Musik und das Glühen des Mädchengesichts. Er wäre gerne noch geblieben. Das Leben der einfachen Leute war ihm immer anziehender gewesen als das steife Getue am Hof, und selbst bei den Breunings ging es ihm oft zu förmlich zu. Stephan drängte jedoch ungeduldig zum Weitergehen. »Lasst uns gehen, damit wir vor Anbruch der Dunkelheit wieder zurück sind. Diese Musik ist ja nicht zum Aushalten und das Geschrei der Leute noch weniger!«

Als sie den Weg fortsetzten, lief Ludwig noch immer schweigsam hinter den beiden anderen her. Ihm ging die Ermordung des Pagen nicht aus dem Sinn. Ob er sich den Freunden anvertrauen und von seinem Erlebnis erzählen sollte? Oben auf dem Kreuzberg knieten alle drei bei der Kapelle nieder und bekreuzigten sich. Als sie sich erhoben, packte Stephan, der offenbar seine Neugier bisher nur schwer im Zaum hatte halten können, seinen Freund Wegeler am Arm.

»Jetzt sag doch endlich, Franz, was hat denn die Obduktion des Pagen ergeben?«

Wegeler stopfte sich in aller Ruhe eine Pfeife und zündete sie an einer der Kerzen in der Kapelle an. Er zog ein paar Mal, bevor er antwortete. »Ich weiß nicht, ob ich euch das zumuten kann. Es war ein ziemlich brutaler Mord!«

Ludwigs Magen krampfte sich zusammen, und er wäre am liebsten weggelaufen.

Aber Stephan stampfte ungeduldig mit dem Fuß auf wie ein junges Pferd und verzog sein Gesicht. »Franz, ich muss doch sehr bitten. Auch wenn wir jung sind, so sind wir doch Männer, die etwas vertragen können!«

Wegeler schaute zu Ludwig hinüber, der seinen Kopf abgewandt hatte. »Ludwig, was ist mit dir? Möchtest du es auch hören?«

Ludwig nickte schwach, während Stephan ungeduldig die Luft zwischen den Zähnen einsog.

»Nun!« Wegeler zog ein Stück Papier aus der Tasche auf dem ein liegender menschlicher Körper skizziert war. »Hier, seht. Der Junge wurde erstochen, und zwar mehrfach; er hatte Stiche im Bauch. Den Blutspuren nach hat er sich wohl weitergeschleppt, dann hat man ihm das Messer auch noch in den Rücken gestoßen und ihm anschließend die Kehle durchschnitten.«

Ludwig erschauerte. Er dachte an den ersten, dann an den weiter entfernten Schrei. Seine Stimme zitterte. »War er denn allein? Was hatte er dort in der dunklen Nacht überhaupt zu suchen?«

Wegeler sog an seiner Pfeife. »Ein Stelldichein in einem Boot. Mit wem, weiß man nicht. Man hat in der Nähe Brot und Weinflaschen in einem Boot gefunden. Aber das ist es nicht, worüber ich euch zu schweigen bitte. Die Gendarmerie muss den Fall zunächst untersuchen, ohne dass zu viel nach außen dringt. Der Kurfürst will nämlich nicht, dass über den Pagen berichtet wird. Daher bitte ich euch, über das zu schweigen, was ich euch jetzt sage: Der oder die Mörder haben ein Zeichen hinterlassen, etwas dem Opfer in den Rücken geritzt, und zwar ein Kreuz, und im

Querbalken je ein M und ein V. Niemand weiß, was die Buchstaben bedeuten.«

Stephans Augen hatten einen seltsamen Glanz angenommen. Ihn schien der ganze Vorgang zu faszinieren. »Und könnte die Person, die der Page getroffen hat, der Mörder sein?«, fragte er mit einem aufgeregten Zittern in der Stimme. Wegeler schüttelte den Kopf. »Um die Leiche herum fanden sich eine Menge Fußspuren, die von mindestens zwei, wenn nicht drei Männern stammen. Das Mädchen, das er getroffen hat, ist vielleicht entkommen. Vielleicht hat sie sich verstecken können und ist später geflohen. Die Gendarmerie ist ratlos. Sie müssen sie finden, dürfen jedoch nichts öffentlich machen. Der Kurfürst ist strikt dagegen!«

Ludwig schwieg. Er entschied sich, sein Geheimnis für sich zu behalten. Seine Familie hatte die Aufmerksamkeit des Kurfürsten schon genug auf sich gezogen. In den letzten Monaten hatte sich der Kapellmeister mehrfach beschwert, dass die Stimme seines Vaters durch den Weinkonsum so gelitten habe, dass er besser dem Chor fernbleibe. Wenn er jetzt noch in diese Geschichte mit dem Pagen involviert wäre, könnte das Seine Hoheit so verstimmen, dass er ihm die Reise nach Wien nicht finanzierte. Neefe hatte noch neulich wieder mit Engelszungen auf den Kurfürsten eingeredet, dass er Ludwig ein zweites Mal reisen lassen solle, damit er bei Mozart in die Lehre gehen könne. Bei seinem ersten Aufenthalt war das Treffen mit Mozart sehr kurz ausgefallen. Das Komponieren müsse unbedingt, jetzt, da Ludwig einige Jahre älter sei, gefördert werden, und eine längere gemeinsame Arbeit mit Mozart könne sein Talent am besten zur Entfaltung bringe. Ja, Ludwig könne ein zweiter Mozart werden, hatte Neefe geschwärmt. »Ein zweiter Mozart?« Der Kurfürst hatte die Augenbrauen hochgezogen. »Lieber Neefe, jetzt gehns oba a bisserl zu weit!« Dabei hatte er es belassen.

Ludwig folgte den Freunden schweigsam und in sich gekehrt. Während Franz und Stephan angeregt plauderten, hing er seinen Gedanken nach. Wer konnte ein Interesse am Tod eines Pagen gehabt haben? Warum wollte der Kurfürst nicht, dass man in der Stadt etwas von der Untat erfuhr? Langsam stiegen sie den steilen Weg vom Kreuzberg hinab. Weil es schon dunkel wurde, mieteten sie bei einem Gehöft im Dorf eine Kutsche. Ludwig stieg vor dem Breuningschen Palais aus und lehnte Stephans freundliche Einladung zum Abendessen ab.

Zu Hause saßen sein Vater und seine Brüder in der Küche. Josefa hockte mit ihrem Strickzeug in der Ecke am Fenster. Die Männer hatten schlechte Laune, denn die Wirtschafterin war eingeschlafen und hatte die Kartoffeln und den Kohl auf dem Feuer vergessen, so dass alles angebrannt und ungenießbar war. Der unangenehme Brandgeruch lag noch in der Luft, als Ludwig die Wohnung betreten hatte.

»Ludwig, mein Sohn! Machst du uns auch einmal deine Aufwartung?« Der Vater sah ihn mit böse funkelndem Blick an. »Du wolltest wohl keine verbrannten Kartoffeln essen? Das kann ich verstehen. Was gab es denn Gutes im Hause Breuning?«

Ludwig ließ sich müde auf einen Stuhl fallen. »Es gab Prager Schinken, Würste und Blechkuchen. Aber das war heute Morgen, und jetzt bin ich wieder hungrig!«

»Prager Schinken, Würste, Blechkuchen!«, äffte sein Vater ihn nach. »Das hat die Hofrätin reichen lassen, und mein Herr Sohn hat sich daran gütlich getan, während für uns verbranntes Zeug auf den Tisch kommt. Leider wird man dir von unseren Köstlichkeiten nichts aufwärmen können, denn es ist nichts mehr da!«

Ludwig stand auf und ging zur Anrichte. »Gibt es noch einen Kanten Brot?«

Die Wirtschafterin sah ängstlich von ihrem Strickzeug auf und verneinte.

Ludwigs Vater legte seinen Kopf schief. Sein Gesicht war von seinen täglichen Weinrationen gedunsen, und unter seinen Augen hingen dicke Tränensäcke. »Wer nicht da ist, kriegt auch nix!«, krächzte er. «Du kannst dir dein Brot bei den Breunings holen.

Warum hast du uns im Übrigen nichts mitgebracht? Die Frau Hofrätin hätte dir bestimmt etwas für uns mitgegeben!«

Ludwig sprang so heftig auf, dass sein Stuhl umfiel. »Ich werde nicht für dich betteln gehen! Warum ist denn nichts im Haus? Weil du jeden Groschen ins Weinhaus trägst!«

Seine Brüder senkten den Kopf. Sie wagten es nicht, in diesem Ton mit dem Vater zu sprechen. Jean van Beethoven schlug mit der Faust auf den Tisch, so dass das Geschirr erschrocken klapperte. Dann sprang er auf und schrie: »Was ich mit der Hälfte meines Lohns mache, geht dich nichts an. Die andere Hälfte hast du ja einkassiert. Ihr geht alle einem Tagwerk nach und seid alt genug, euer Brot selbst zu verdienen. Also seht, wo ihr es herbekommt!«

Damit stapfte er aus der Küche, und man hörte, wie er fluchend die Treppe nach unten nahm.

Ludwigs Magen krampfte sich zusammen. Keiner von uns würde unseren Hausrat für Wein versetzen, wollte er dem Alten nachrufen. Er zügelte seinen Zorn und schwieg. In der Stube warf er sich in einen Sessel und versuchte, bei einer heruntergebrannten Kerze im Plutarch zu lesen. Die Biografien großer Männer waren sein einziger Trost in diesem trostfernen Heim.

# 5

Eine junge Frau ging, leise singend, in der Silvesternacht von der Baumschule zu dem Hof zurück, auf dem sie als Magd arbeitete. Sie ging allein, mit einer Fackel in der Hand. Auf dem Hof sollte niemand wissen, dass sie und der Knecht ein Paar waren. Bis auf ein paar Küsse hinter der Scheune hatte sie dem Paul bisher nichts gewährt. Die Mutter hatte ihr oft genug eingebläut, dass ein Mädchen, wenn ein Kerl ihr die Röcke hob, bald einen dicken Bauch bekäme. Käthchen hatte Pläne. Erst sollte Hochzeit sein, mit der ganzen Familie von der Ahr, dann würden sie zusammen in die Kammer über dem Stall ziehen, in dem der Paul wohnte. Und dann, wenn ein Kleines kommen sollte, das wusste ja nur der liebe Gott, würde die Herrschaft vielleicht für eine kleine Wohnung sorgen. Die Familie des Bauern war reich und besaß mehrere Häuser im Dorf. Sie würde das Kind in Obhut geben und in der Porzellanfabrik arbeiten. Der Paul war fleißig und sie könnten sich bald ein paar schöne Dinge leisten. Sie träumte von einem großen Bett und Sammetkissen. Und sie könnte den Verwandten von der Ahr zeigen, dass sie hier ihr Glück gemacht hatte. Leise summte sie vor sich hin. Der Paul war gerade eben sehr zudringlich geworden in der Baumschulen-Wirtschaft. Er hatte zu viel getrunken, sie hatte zweimal mit seinem Freund getanzt, und dann war der Paul wütend geworden und hatte sie sehr fest um die Taille gefasst und nicht mehr losgelassen. Nach einem weiteren Krug Wein hatte er sie in den Hals gebissen und an die Brust gefasst. Einige der anwesenden Herrschaften schüttelten den Kopf, und der Wirt hatte sie beide aufgefordert, nach Hause zu gehen. Aber dem Paul war es egal. Sie konnte ihn kaum zügeln. Weil sie sich vor den anderen Gästen genierte, hatte sie ihn nach draußen gezogen. Er war ihr gefolgt und hinter dem Stamm einer dicken Eiche hatte sie ihm erlaubt, sich zwischen ihren Schenkeln zu befriedigen. Dann hatte sie ihn resolut weggeschoben und gesagt, mehr würde es erst nach der Hochzeit geben. Sie kicherte ein wenig, wenn sie daran dachte, dass der Paul danach zahm wie ein Hündchen gewesen war. Sie hatte ihm Gute Nacht gesagt, sie wolle vorgehen, er solle noch bleiben, wegen der Leute. Während sie so ging, füllten sich ihre guten Sonntagsschuhe mit Schnee. Vor Mitternacht hatte es wieder angefangen zu schneien, und schon in ein paar Stunden waren die Kühe dran. Sie würde auch die vom Paul melken müssen. So betrunken wie der war, würde er wohl seinen Rausch ausschlafen. Sie sang wieder leise vor sich hin. Hinter sich hörte sie ein paar Mal ein Rascheln und Knistern im Unterholz. Wahrscheinlich das Damwild, auf das der Bauer so gern Jagd machte. Ihr taten die toten Rehe immer leid. Da traf sie plötzlich ein schwerer Schlag auf den Kopf. Sie legte schützend die Hand auf die Stelle. Ein Ast, dachte sie noch, als sie in den Schnee sank. Dann fuhr ihr ein scharfer Schmerz in den Rücken, und alles wurde dunkel.

Die Aufführung von Mozarts *Don Juan* am Neujahrstag wurde dann doch ein Erfolg. Einmal drohte der Sänger, der den Komtur als Steinernen Gast verkörperte, von seinem Podest zu fallen, weil er einen falschen Schritt gemacht hatte. Dem gesamten Ensemble blieb kurz das Herz stehen, aber alles lief glatt. Seine Hoheit zeigte sich zufrieden. Neefe berichtete später, der Kurfürst habe Luchesi, dem Operndirektor, zwar gratuliert, ihm gegenüber jedoch mit Wiener Zungenschlag gemurmelt: »'s ist holt Bonn, was wollen's do verlongen!«

Dann hatte Seine Hoheit alle Sängerinnen und Sänger, die Kapelle und einige Honoratioren der Stadt zu einem Umtrunk in sein Palais am Rhein eingeladen. Nach dem großen Schlossbrand anno '77 wurde mit dem Auf- und Umbau der Residenz begonnen, aber als Max Franz Kurfürst wurde, hatte er es von Anfang an vorgezogen, ein Haus am Rhein zu bewohnen. Vom Theater war es dorthin nicht weit, und so machten sich die geladenen Gäste lachend und schwatzend zu Fuß auf den Weg. Als alle im Vestibül versammelt waren, verkündete der Kurfürst: »Es gibt einen ungarischen Roten«. Er selbst trank nur Wasser. Es hieß, dass er seit neuestem fast täglich nach Godesberg fuhr, um das Wasser der dort entdeckten heilenden Quelle zu trinken. »Aber auch Henderln und Backwerk!«, ergänzte er, wobei er Backwerk wie Bockwerk aussprach. Bei den *Henderln* würde der Fürst mit Sicherheit zulangen, denn er konnte unfassbar große Mengen verzehren. Nachdem er gesprochen hatte, gab er der hübschen Marianne Willmann Geleit. Waldstein bot Johanna Averdonk seinen Arm, wechselte dann jedoch galant zu Helene von Breuning und schob Johanna zu Stephan von Breuning. Ludwig ging neben Eleonore. Den Arm durfte er ihr wegen des Standesunterschieds nicht anbieten.

Das Fest im kurfürstlichen Palais war für Ludwig trotzdem eine Erlösung. Es gab ausreichend zu essen, die ewigen Theaterproben hatten ein Ende, und er konnte sich ab morgen endlich wieder seinen Kompositionen widmen. Waldstein hatte ihn schon zweimal nach dem Ritterballett gefragt. Der Graf war großzügig, Ludwig würde dabei nicht zu kurz kommen. Wie Neefe setzte sich auch Waldstein seit längerem bei Seiner Hoheit dafür ein, dass er die kurfürstliche Schatulle öffnete und Ludwig eine zweite Reise nach Wien finanzierte. Ludwigs Brust weitete sich. Die Premiere war auch sein Erfolg. Bei Waldstein hatte er freie Hand, und eine zweite Reise nach Wien, die den dringend gebotenen Abstand zwischen ihm und dem Vater schaffen würde, rückte in den Bereich des Möglichen. Die Dinge standen so gut wie lange nicht mehr. Dazu kam der Glanz in Lores Augen, wenn sie sich ihm zuwandte.

Er ließ sich mehrfach vom Wein nachschenken und sonderte sich von den Feiernden ab. Um den seltenen Zustand von Wohlbefinden auszukosten, ging er in ein leeres Nebenzimmer, lehnte sich an den marmornen Kamin und schaute einem Diener zu, der den ersterbenden Flammen mit ein paar Buchenscheiten neue Nahrung gab. Das Holz sei zu jung und nicht trocken genug, erläuterte der Mann, und ein lautes Knallen und Prasseln bekräftigte seine

Bemerkung. Eiche komme nur in den Salon des Kurfürsten und dort auch nur, wenn der Fürst Gäste habe. Ludwig nickte und lächelte in sich hinein. Bis auf seinen enormen Appetit, dem er keine Grenzen setzte, war der Kurfürst, wie sein Bruder, der Kaiser, für seine Sparsamkeit bekannt.

Der Diener entfernte sich, und Ludwig lauschte auf die Geräusche, die das Feuer von sich gab. Die frechen Knaller und das Geprassel machten ihm gute Laune, und in seinem Kopf bildete sich der Anfang eines Musikstücks, das den Hörer direkt und ohne Vorwarnung überfiel. Ein Scherzo in einer Symphonie vielleicht. Er freute sich darauf, am anderen Tag ohne jede Verpflichtung zu sein und die Idee notieren zu können, als Franz Wegeler, der zusammen mit dem Hofapotheker zur Feier gekommen war, durch die Tür trat.

»Ludwig, die Oper hat mir gut gefallen. Die Willmann war sehr anmutig, die Averdonk groß! Dem Don Juan fehlte es aber an Kraft oder irre ich mich vielleicht?«

Ludwig sah hoch. »Wem sagst du das? Seit Tagen haben wir versucht, ihn etwas zu beleben, aber vergebens! Ein Sack Mehl hat mehr Feuer als der!«

Wegeler schmunzelte, nahm aber augenblicklich wieder den bieder-ernsten Ausdruck des Schulmeisters an. »Stell dir vor, Ludwig, was passiert ist! Heute Morgen wurde ich in aller Frühe von den Gendarmen geholt. Ich sollte eine Leiche obduzieren, bevor man den Bauern, bei dem die Frau in Diensten war, verständigte. Es war eine sehr junge Frau, die man gegen sieben Uhr tot in der Baumschule aufgefunden hat.«

Ludwig war müde und blickte kaum auf. »So, was war mit ihr? Ist sie erfroren?«

Franz schaute in sein Glas, dann sah er sich um, ob der Lakai an der Tür weit genug entfernt war, um sie nicht hören zu können. »Man hat ihr Stiche in die Lunge versetzt und die Kehle durchgeschnitten, wie dem Pagen auch. Man hat Seine Hoheit von dem Fall noch nicht unterrichtet, weil man ihm die Oper nicht verleiden wollte. Du wirst aber nicht glauben, was ich noch gefunden habe!«

Für den Bruchteil einer Sekunde hörte Ludwig wieder den grässlichen Schrei jener Nacht im Dezember, dann beherrschte er sich und winkte dem Lakai, jemand möge kommen und sein leeres Glas füllen. Als der Mann sich entfernt hatte, flüsterte er heiser: »So sag schon, Franz! Ich bin müde und will nach Hause!« Sein Freund trat nah an ihn heran, und Ludwig sah, dass seine Augen, entgegen ihrem üblichen bedächtigen Ausdruck, vor Anspannung weit aufgerissen waren.

»Das Mädchen hatte das Kreuz auf ihrer Brust eingeritzt, wie der Page. Das mit dem M und dem V. Ich habe es abgezeichnet und mit meiner Zeichnung, die ich vom toten Pagen gemacht habe, verglichen. Das gleiche Zeichen. Da ist Unheil unterwegs.«

»Vielleicht war sie das Mädchen, mit dem der Page die Liebschaft hatte?« Ludwigs Stimme klang gepresst, weil Wegelers Nachricht ihm die Kehle verschnürt hatte.

Wegeler verneinte. »Heute Mittag hat man den jungen Mann in Arrest genommen, mit dem sie in der Baumschule den Silvesterabend verbracht hat. Er war ihr Verlobter und sie, sein Käthchen, wie er sie nannte, wohnte wie er in Poppelsdorf auf dem Hof eines Großbauern. Man hat den Paul vernommen, und er hat ausgesagt, sie beide hätten den Rhein noch nie gesehen. Sie kommen von der Ahr und haben sich hier erst vor Kurzem Arbeit gesucht. Das Käthchen arbeitete als Magd auf dem Hof, nicht weit von der Baumschule, wo sie gefeiert haben. Sie wollte früher nach Hause gehen, er wollte noch bleiben, obwohl er in der Frühe die Kühe zu melken hatte. Man hat ihn morgens geweckt, weil die Tiere im Stall brüllten und die Magd nirgendwo aufzufinden war!«

Ludwig versuchte, seine Gedanken zu ordnen. Nach vier Gläsern Wein war es nicht mehr einfach, klar zu denken. Vor ihm im Kaminfeuer flackerten jetzt Bilder von Schnee und Blut, von Messern, die sich in Rücken bohrten, und er meinte, aus den brennenden Scheiten ein Röcheln zu hören.

»Dann hat sie nichts zu tun gehabt mit dem Pagen?«

»Die beiden konnten sich nicht kennen. Aus Neugier habe ich den Gendarmen gefragt, der mit dem Kameraden zum Fundort geritten war. Man hat den Knecht erst einmal weggesperrt, weil man ihn für den Mörder hielt. Aber am Tatort fand man viele verschiedene Spuren, so dass man auch hier von mehreren Tätern ausgehen muss. Und der Melkknecht kann es nicht gewesen sein. Er war die ganze Zeit mit seinen Kumpanen zusammen und ist mit einem zurückgegangen. Sie haben einen anderen Pfad, eine Abkürzung, genommen, sonst hätten sie das Mädchen unterwegs gefunden. Der Melkknecht hat in einer Tour laut geheult und gewinselt, ich musste ihm ein Pulver geben, damit er endlich Ruhe gab!«

Ludwig presste seine Lippen aufeinander, dann fasste er einen Entschluss. »Franz, ich muss dir etwas erzählen. In der Nacht, als der Page umgekommen ist …«

»Ach, hier seid ihr beiden!«

Stephan von Breuning gesellte sich zu ihnen, und Franz flüsterte auch ihm die jüngsten Ereignisse zu. Stephan nahm die Nachricht von der Ermordeten mit einer seltsamen Erregung auf. Seine eisblauen Augen leuchteten noch eine Spur heller, und er warf seinen Kopf ruckartig in den Nacken.

»Da gibt es also einen Zusammenhang, das Kreuzzeichen, die Spuren. Überaus interessant. Unser verschlafenes Bonn hat seinen Skandal. Ich sehe schon den Artikel im *Intelligenz-Blatt* mit der Überschrift *Mörderischer Kreuzzug!*« Er unterbrach sich, weil seine Mutter und seine Schwester im Türrahmen erschienen.

Die Hofrätin trug schon ihren Umhang aus weißem Kaninchenfell und eine Haube. Man war im Aufbruch begriffen. Offenbar war sie müde, denn sie zwinkerte heftig.

»Steffen, es hat wieder angefangen zu schneien. Ich habe dem Kutscher Bescheid geben lassen, dass er vorfahren soll!« Dann wandte sie sich an Ludwig und Wegeler.

»Die Herren, ich wünsche eine gute Nacht. Ich sehe Sie am Donnerstag in meinem Salon. Franz Ries wird spielen, und er will mit Ludwig zusammen phantasieren. Ludwig, was die Oper angeht, hatten Sie recht. Mir fehlte auch die Moral in der Geschichte vom Don Juan! Gut, er fährt am Ende in die Hölle, aber er hatte doch ein ziemlich amüsantes Leben, und die Donna Anna wirkte am Ende, obwohl gerächt, nicht ganz zufrieden!«

Stephan lachte und bot seiner Mutter den Arm. »Maman, du bist berühmt für deine Ansichten. Diese ist besonders apart!«

Wegeler stellte sein Glas ab und fragte Ludwig, ob sie zusammen nach Hause gehen sollten. Ludwig folgte ihm bereitwillig, und beide Männer gingen eine Weile schweigend nebeneinander her. Wegeler trug die Laterne, die ihnen ein Lakai mitgegeben hatte. Ludwig sah die Zeit gekommen, Franz von seinem nächtlichen Erlebnis zu erzählen. Der dichter fallende Schnee dämpfte ihre Schritte und ihre Stimmen. Von einem Turm der Residenz blies ein Wächter die zwölfte Stunde. Als sie das Michaelstor erreichten, das zum Hofgarten führte, fiel Ludwig die Bemerkung seines Bruders ein. »Johann hat in der Apotheke gehört, dass sich in der letzten Zeit viel Gesindel des Nachts im Hofgarten herumtreibt. Vielleicht haben sie ja den Pagen verfolgt und dann überfallen, um ihn auszurauben!«

Wegeler hielt inne und schaute zum Tor hinüber. Im Schneetreiben konnte man schemenhaft zwei Gestalten erkennen, die im Dunkel des Torbogens verschwanden.

»Lass uns ein Stück weiter bis zum Schlosstor gehen, wo die Wachen stehen. Hier ist es mir nicht geheuer!«

Erst am Schlossplatz widersprach er Ludwigs These. »Das wäre doch sehr ungewöhnlich, dass Diebe ein Zeichen hinterlassen. Aber lass uns am Donnerstagabend bei der Hofrätin die Dinge mit Stephan besprechen. Wir müssen gemeinsam darüber nachdenken, was zu tun ist.«

Ludwig verstand den Freund nicht. Wie sollten sie etwas gegen das grausame Treiben, das da vor sich ging, unternehmen? Sich mit Mordgesellen anzulegen, war weder Stephans noch Wegelers und schon einmal gar nicht seine Sache.

Als sie vor dem Perettihaus ankamen, hielt Franz die Laterne hoch und leuchtete ihm ins Gesicht. »Ludwig«, sagte er eindringlich, »es ist unsere Pflicht, etwas zu unternehmen. Denk darüber nach!«

Vor der Tür trennten sich ihre Wege, und Ludwig war wieder nicht dazu gekommen, von seinem Erlebnis am Rheinufer zu erzählen.

Als er die Stufen zur Wohnung hochstieg, fragte er sich, was Menschen bewegen konnte, das Leben anderer Menschen auszulöschen. Welche dunkle Kraft trieb sie an, dass sie sich nicht scheuten, andere grausam zu verstümmeln und umzubringen? Was war in ihnen abgestorben, dass sie keinerlei Scheu empfanden? Er zog seine Uniform aus, die den Musikern der Hofkapelle vorgeschrieben war, legte sich unter die Decken und fiel augenblicklich in einen unruhigen Schlaf. Bald suchten ihn quälende Träume heim, in denen sich widersprüchliche Bilder mischten: Er wurde als großer Komponist gefeiert, aber bei der Premiere seiner ersten Oper beschimpfte ihn das Publikum als Feigling und Mörder. Zweimal wachte er schweißgebadet auf. Johann, der im Bett neben ihm lag, fragte ihn, ob er das glühende Fieber habe und etwas aus der Apotheke brauche.

# 6

An den beiden folgenden Tagen hatte Ludwig es sich zu Hause bequem gemacht. Am Clavichord war sein liebster Platz. Waldstein hatte ihm eigene Kompositionen mitgegeben, die er sich anschauen und beurteilen sollte. Sie kamen Ludwig recht einfallslos vor, aber es gelang ihm, den Stücken nach kurzer Zeit Leben einzuhauchen. Er stellte sich, während er spielte, einen Karnevalsball vor. Seine Finger fanden wie von selbst die Läufe, die den einfachen Linien, die Waldstein gezogen hatte, Farbe und Ausdruck verliehen. Das Variieren war Ludwig immer leichtgefallen. Anders war es seit längerem mit der Komposition. Er hatte sich mehrfach an der Vertonung der Schiller'schen Verse versucht und die Arbeit immer wieder abgebrochen. Einige Ideen waren ihm zu seicht, und das »Überm Sternenzelt / muss ein lieber Vater wohnen« gelang ihm ganz und gar nicht. Ihm fiel einfach nichts ein. Weder zu den Sternen noch zum lieben Vater. Er würde sich mit Neefe besprechen müssen. Wütend schaute er auf die unvollständige Notierung und warf sie auf den Boden. Dann wandte er sich wieder der Tastatur zu und probierte ein paar Einfälle zu Waldsteins Ritterballett.

Josefa kam in die Stube, legte Holz im Ofen nach und brachte ihm eine Tasse Kaffee. Ansonsten war er ungestört. Die Brüder waren draußen; der Vater schlief tagsüber seinen Rausch aus. Zwei Stunden lang probierte er alle möglichen Variationen, ohne sie zu notieren. In einer Pause setzte er sich in den Lehnstuhl am Fenster, in dem seine Mutter immer gesessen hatte, und sah hinauf zum Marktplatz. Die Gasse war zerfurcht von Schlittenspuren, denn die Marktfrauen hatte ihre Ware heute auf Kufen herbeigeschafft. Die Frauen mühten sich ab und klopften sich mit den Armen überkreuz gegen die Brusttücher, um warm zu bleiben. Eine hatte nur Kartoffeln, die andere Rote Bete und Kohl anzubieten. Wieder eine andere verkaufte winzige Reisigbündel als Ofenanzünder. Er sah, wie Josefa durch den Schnee stapfte und bei einer Frau stehenblieb, ein Schwätzchen hielt und mehrere Stangen Lauch kaufte.

Wie mühselig so ein kleines Leben doch war und wie schön, alles vergessen zu können und in die Kunst einzutauchen. Er hätte dankbar sein können. Seine Familie war nicht reich, aber im Ofen brannte ein Feuer; er hatte das Clavichord und eine Tasse Kaffee. Kein echter Kaffee wie bei den Breunings, Zichorienkaffee, aber heiß. Wäre da nicht dieser Grimm in ihm. Er war immer da. Vor allem der Vater lockte ihn hervor, ohne dass er etwas dagegen tun konnte. Es war die Mutter, die ihn immer wieder hatte besänftigen können. Wie er sie vermisste! Sie war ihm immer eine gute und liebenswürdige Freundin gewesen. Frau von Breuning war kein Ersatz. Bei aller Liebenswürdigkeit war sie doch immer formell und etwas kühl.

Ludwig erinnerte sich an die Rückfahrt aus Holland, als er zwölf Jahre alt gewesen war. Er war in Begleitung der Mutter dorthin gereist, wo er durch die Vermittlung einer Verwandten ein Konzert in Den Haag gegeben hatte. Man hatte ihn und die Mutter nicht ordentlich bezahlt, und auf dem Rheinschiff war es eisig kalt gewesen, weil die Kajüte nicht geheizt war. Er hatte furchtbar gefroren, und die Mutter hatte seine Füße auf ihren Schoß genommen, um sie zu wärmen. Ludwig musste mit den Tränen kämpfen, als er daran dachte.

Er nahm einen Schluck Kaffee, stand auf und ging an den Tisch. Dort lag das Notenpapier. »Klaviervariationen zu vier Händen über ein Thema des Herrn Grafen von Waldstein« schrieb er schwungvoll über die erste Seite. Die Feder zitterte in seiner Hand; etwas Tinte tropfte auf das Papier herab, dann gab er auf. Der Graf sollte seine Variationen haben, und er würde sie zusammen mit Eleonore an ihrem Geburtstag zum Besten geben. Nur heute wollte ihm nichts einfallen, beruhigte er sich. Und auch das Ritterballett sollte der Graf bekommen. Wenn nicht dieses Jahr, dann zum nächsten Karneval. Ferdinand von Waldstein hatte gerade ein Rittergut in Godesberg erworben, das Ballett sollte wohl diesem Umstand huldigen. Die Herren konnten gesellschaftlich noch so hochstehen, die Eitelkeit kam bei ihnen nie zu kurz.

Ludwig sah den Ball vor sich, den man jedes Jahr zu Karneval im Schloss abhielt und dem er nichts abgewinnen konnte. Er hatte vom Podium der Hofkapelle schon als Kind dem Treiben zugesehen. Manchmal, wenn es nicht schneite, lud der Kurfürst auch in die Baumschule ein, was besonders den Damen ein Gräuel war, weil sie lieber im Schloss auf poliertem Marmor Runden drehten, statt, wie das Volk, auf Dielen zu tanzen. Ludwig schrieb, probierte und schrieb weiter. Dann suchte er ein paar Stücke aus, die er bei der Geburtstagsfeier der Hofrätin zu Gehör bringen wollte. Er wusste, was Frau von Breuning schätzte. Das war sein Geschenk für sie. Er wollte sie unbedingt erfreuen und seine Dankbarkeit für die Freundlichkeit ausdrücken, die er seit Jahren durch sie erfahren hatte.

Am Donnerstag hatte es aufgehört zu schneien, und auf den Straßen hatte sich eine feste weiße Decke gebildet. Vor den Häusern hatten die meisten Bewohner mit Asche bräunliche Gehwege gezogen, denn die Decke war über Nacht durch einen feinen Nieselregen spiegelglatt geworden. In der Dämmerung war Ludwig mit einem Bündel über der Schulter aufgebrochen. Er wollte bis zum Sonntag bei den Breunings bleiben. Mittags hatte er einen üblen Streit mit dem Vater gehabt, der ihn um Geld angebettelt hatte. Er musste dringend Abstand zwischen sich und dem Alten schaffen.

Helene von Breuning hatte nur einen kleinen Kreis von Freunden eingeladen, unter anderem den ersten Geiger der Hofkapelle, Franz Ries. Ihr Schwager, der Stiftsherr von Breuning, der nicht weit vom Palais im Cassiusstift lebte, hatte neben ihr Platz genommen. Ludwig sah bewundernd zur Hofrätin hinüber, die heute besonders vornehm wirkte. Sie trug ein festliches Kleid aus dunklem Taft. Ins Haar, durch das sich feine Silberfäden zogen, hatte sie perlenbesetzte Agraffen gesteckt. Ihr sonst eher ernstes Gesicht leuchtete. Als sie zu ihm herübersah, um ihn zu ermuntern, schlug Ludwig scheu die Augen nieder.

Er freute sich auf das gemeinsame Spiel mit seinem ehemaligen Geigenlehrer. Er war Ries sehr zugetan, weil er ihn und seine Brüder nach dem Tod der Mutter eine Zeitlang finanziell unterstützt hatte. Er tauschte ein paar Worte mit ihm, und sie verabredeten sich, zusammen zu phantasieren. Die Gastgeberin bat Ludwig ans Klavier, und Ries setzte den Bogen an. Er spielte ein paar einfache volkstümliche Melodien, um dann zu schwierigeren Partien überzugehen. Dann nickte er Ludwig zu, und nachdem er eine Suite von Rameau eingeleitet hatte, griff Ludwig diese auf dem Klavier auf und variierte sie virtuos. Ries folgte seinen Variationen, indem er sie abwechselnd unterstrich und dann wieder unterlief. Dann setzte Ludwig mit Takten seiner ersten Kurfürstensonate ein. Ries griff sie auf der Geige auf und variierte sie so kunstvoll und technisch gewagt, dass die Anwesenden in lauten Jubel ausbrachen und stehend applaudierten. In den Applaus hinein hob Ries mit einem neuen Einfall an, den wiederum Ludwig aufgriff und variierend steigerte, zu einem Höhepunkt führte, abbrach und durch Ries fortsetzen ließ. So ging es in einem fort. Nach einer Stunde machten die beiden Künstler nach kräftigen Ovationen eine Pause.

Frau von Breuning ließ Punsch reichen und prostete ihnen zu. Noch nie habe sie ein so schönes Geschenk zum Geburtstag bekommen, etwas spontan Erdachtes, nichts in Noten Gefasstes, etwas Flüchtiges und doch so wundervoll. Ries verneigte sich vor der Gastgeberin. Ihm stand der Schweiß auf der Stirn, und er beteuerte, dass er noch die halbe Nacht so spielen könne. Auch Ludwig verbeugte sich dankbar vor der Hofrätin und gesellte sich zu seinen Freunden.

Franz und Stephan saßen mit Eleonore und Babette um einen kleinen Tisch am Kamin. Eleonore klatschte noch einmal in die Hände und bedankte sich bei Ludwig für den abwechslungsreichen Vortrag. »Wenn ihr das auch auf meinem Geburtstag so machen könntet, das wäre wunderbar!«

»Ich fand es auch sehr schön, Ludwig!«, ließ sich Babette Koch vernehmen. »Es lenkt ab von den düsteren Dingen, die in der Stadt passieren. Ihr habt doch sicher alle von der Ermordung der Magd in der Baumschule gehört!«

Die Männer sahen sich an und schwiegen.

Als sie keine Antwort bekam, fuhr Babette fort: »Erst der Page Felix, jetzt diese junge Frau. Meine Mutter sagte noch gestern, dass ein Mord in der Stadt zuletzt vorgekommen sei, als sie noch ein Kind war, also vor fast vierzig Jahren!«

Eleonore nickte zustimmend und legte ihre Hand auf Franz Wegelers Arm. »Franz, du warst doch bei der Untersuchung der Opfer dabei, was sagst du denn dazu?«

Wegeler schwieg. Dann beugte er sich vor, klopfte seine Pfeife auf dem Kaminrost aus und antwortete: »Das ist nichts für junge Damen! Nur so viel: beide Opfer wurden erstochen. Das steht fest. In der Gendarmerie ist man ratlos. Raub kann es nicht gewesen sein, denn der Page trug noch seinen Ring, das Mädchen eine Anstecknadel.«

»Das ist es ja!«, rief Babette aus. »Dr. Crevelt hat gehört, dass man von mehreren Bösewichtern ausgehen muss. Eine Bande. Aber was können die nur wollen? Das ist unheimlich! Ich gehe nach Anbruch der Dämmerung nicht mehr vor die Tür!«

Franz nickte. »Das würde ich auch Lore raten. Als ich nach der Premiere mit Ludwig zu Fuß nach Hause ging, sind mir am Michaelstor zwei düstere Gestalten aufgefallen, die uns beobachteten. Sie sind uns nicht gefolgt, aber es können keine hiesigen Bürger gewesen sein. Die stehen um diese Zeit nicht mehr im Torgang zum Hofgarten. Falls euch tagsüber ein Fremder auffällt, beobachtet ihn genau. Vielleicht sind die Täter ja noch unter uns.«

Stephan warf einen neuen Scheit ins Feuer, und alle sahen eine Weile den aufschießenden Flammen zu, bis Babette sich räusperte.

»Ich muss euch noch etwas erzählen. Dem ›Zehrgarten‹ gegenüber liegt doch der Gasthof Schopp. Also dort sind einen Tag vor der Ermordung des Pagen drei Männer abgestiegen, die dann am

Abend spät bei uns gegessen haben. Dr. Crevelt meint, der Kleidung und der Sprache nach seien sie Bürger aus Köln. Er hat neulich gehorcht, als sie wieder beim Essen saßen. Sie sind seitdem bis auf Weihnachten jeden Abend bei uns zu Gast gewesen. Meine Mutter freut sich, denn sie bestellen nur das Teuerste von der Tafel!«

Ludwig sah auf. »Wann haben sie denn bei euch an dem Abend gegessen, als der Page umkam? Um wieviel Uhr etwa?«

»Sie kamen ziemlich spät. Die Mutter wollte eigentlich nicht mehr in die Küche, aber die haben ein Goldstück hingelegt, da war sie wieder wach und hat ihnen aufgetischt. Ich war nur zufällig in der Bücherstube, weil wir mittags eine große Lieferung aus Leipzig bekommen haben. Ich wollte sie bis zum nächsten Tag in die Listen eintragen. Da habe ich sie gesehen. Sie haben eine Menge Wildschwein vertilgt, wie mir die Mutter sagte.«

Stephan sah sie gebannt an. »Und danach? Was ist dann passiert?«

Babette hob die schweren Lider und schickte ihm einen langen, samtenen Blick. »Ich habe nicht gewartet, bis sie satt waren. Es war kein schöner Anblick, sie so über das Fleisch herfallen zu sehen. Ich bin nach oben in mein Zimmer gegangen. Aber die Mutter hat mir erzählt, dass unser Hausdiener sie mit der Laterne zum Schopp gegenüber gebracht hat, wo sie übernachteten.«

Franz Wegeler suchte Ludwigs Blick. Dann sagte er betont gelassen: »Es wäre gut, wenn Sie die drei Männer im Auge behalten, Mademoiselle Koch. Sie können sich nicht erinnern, ob sie das Weinhaus auch am Silvesterabend besucht haben?«

Babette verneinte. »Ich war hier bei Eleonore. Wir haben Karten gelegt und sind gleich nach Mitternacht zu Bett gegangen.«

Ein Diener brachte eine neue Schüssel mit Punsch, und alle vier scharten sich mit den anderen Gästen um das dampfende Getränk. Als sie auf den Ausschank warteten, zog Wegeler die beiden Freunde zur Seite. »Was meint ihr? Sollen wir uns die Gesellen einmal näher ansehen?«

Stephan nickte begeistert. »Unbedingt. Sobald wie möglich. Ich muss die Mutter morgen zur Tante an die Ahr begleiten. Wir sind am Sonntag wieder zurück. Was haltet ihr von Montagabend?«

Wegeler und Ludwig waren einverstanden.

»Montag gegen sieben im »Zehrgarten« also!«

Stephan warf vergnügt seinen Blondschopf in den Nacken und strahlte. Er schien sich über die zu erwartende Abwechslung zu freuen.

## 7

Babette hatte den Vormittag über in zwei Ausgaben des *Journal des Luxus und der Moden* geblättert. Angeregt von den vielen interessanten Stichen, schnitt sie ein zweites Porträt des Grafen Waldstein aus dem feinen Papier, das nur Hochwohlgeborenen vorbehalten war. Die feinen Züge des Grafen und vor allem das Spitzenjabot erforderten ihr ganzes Geschick. Babette liebte den Schattenriss. Mithilfe der Schere konnte man sich die Welt zurechtschneiden, wie es einem gefiel.

Sie, Babette, hielt sich immer an das Feine, das hatte die Mutter ihr stets gepredigt. Die Freundschaft mit Eleonore hatte sie in dieser Hinsicht schon weit gebracht. Bei den Breunings verkehrten viele Leute von Stand, und mit Waldstein, seinen Beziehungen zum Hof und zu den übrigen Adeligen in der Stadt, hatte sie das große Los gezogen. Er war ein Goldschatz. Sie rückte ihren Stuhl noch ein Stück weiter zurück, so dass sie von der Schankstube aus nicht gesehen werden konnte. Die Bücherschränke waren für sie eine Art Wall gegen das Treiben der vielen Säufer, die oft halb vom Tisch oder von der Bank hingen, wenn sie wieder einmal zu viel gebechert hatten. Einer hatte sich neulich am Tisch erbrochen und war in der eigenen Kotze eingeschlafen, bis Matthias ihn zur Ausnüchterung vor die Tür brachte.

In die Schänke ging sie nur, wenn wichtige Männer wie der Kurfürst oder früher sein Minister, der alte Belderbusch, Gott hab ihn selig, den »Zehrgarten« aufsuchten. Der alte Belderbusch hatte ihr schon nachgesehen, da war sie erst dreizehn gewesen. Aber sie hatte immer schon etwas älter ausgesehen als sie war. Und der Kurfürst nannte sie »ma chère« und hob ihr das Kinn mit seinem Zeigefinger. Dabei überragte sie ihn um eine halbe Elle. Ludwig, ja! Der Ludwig war schmuck. Er hatte so etwas Stolzes und diesen wilden Blick, wenn er auch, wie alle Beethovens, immer ein wenig schmutzig war. Er hatte seine Bratsche neulich wieder ausgelöst.

Anscheinend wurde er ganz gut bezahlt, aber so ein Musikantenschwengel kommt mir nicht ins Haus, hatte die Mutter gesagt. Und auch Dr. Crevelt betonte stets, dass sie, Babette, zu Höherem geboren sei. Obwohl sie manchmal zweifelte, ob er es so meinte. Graf Waldstein war stets höflich ihr gegenüber, aber leider nicht empfänglich für ihren schrägen Blick von unten. Er war Deutschordensritter, und die Ehe war ihm verboten. Außerdem war der Neffe des alten Belderbusch, Anton, für sie ein weitaus lohnenderes Ziel.

Anton war nicht schön zu nennen; dazu standen ihm die Augen zu sehr vor dem Kopf. Auf keinen Fall war er so schön wie Ludwig, aber er hatte nicht nur seinen reichen Onkel, sondern auch die Äbtissin, seine Patentante, beerbt. Er gehörte zu den reichsten Männern in Kurköln mit Besitz in Bonn und im ganzen Umland: der Belderbuscherhof am Rhein, Schloss Miel, das Kloster in Vilich. Babette wurde ganz schwindlig, wenn sie daran dachte. Seine Frau hatte ihm drei Kinder geboren, wurde aber kaum gesehen. Sie schien schwach zu sein – eine seltene Krankheit, munkelte man. In Babettes Kopf lag alles klar da. Sie sah die nächsten Schritte vor sich, wie auf einer Landkarte eingezeichnet: Noch ein Jahr die Aufsicht über die Gören der Marktfrauen, die sie für ein paar Groschen bei sich in der Bücherstube beaufsichtigte, dann würde sie dafür sorgen, dass man sie im Haus Belderbusch als Hausdame und Erzieherin einstellte. Sie hatte an diesem geheimen Plan, von dem noch nicht einmal die Mutter wusste, an langen Abenden gearbeitet, während die kleine Schere geschickt durch das Papier fuhr. Man konnte sich, war man umsichtig, nicht nur Figuren, sondern auch ein Leben zurechtschneiden. Dazu gehörten ruhiges Blut und Ausdauer. Sie hatte beides.

Als erstes musste Anton von Belderbusch Mitglied der Lesegesellschaft werden, denn er erschien fast nie im »Zehrgarten«. Wenn er erst in die Lesegesellschaft kam, die sich regelmäßig bei ihnen traf, war sie ihm viel näher. Die Lesegesellschaft bestand vorwiegend aus Männern, aber Madame Neefe oder sie, Babette, waren zugelassen, um zu rezitieren oder die Herren zu bewirten. Sie ließ sich beim Aufwarten viel Zeit und hörte aufmerksam zu, während sie den Kaffee abräumte oder den Wein auftischte. Es ging viel um Freiheit und dass man zu wenig davon habe, um Dichtung und Philosophie. Sie, Babette, sah in den bewegten Reden der Männer wenig Sinn. Immer wurde über die großen Ziele gesprochen, um den Aufruhr, der Frankreich erschüttert hatte, um Dichter und Denker, um Heldentum und Kampf. Mit ihrem kleinen Leben im »Zehrgarten« hatte es wenig zu tun. Sie wusste nur eines: Weiber mussten listig sein, wenn sie ein gutes Leben wollten. Sie würde Waldstein nahelegen, dass auch der junge Belderbusch in die Lesegesellschaft gehörte, und zwar so, dass Waldstein am Ende glaubte, es sei seine eigene Idee gewesen. Babette hatte mitbekommen, dass die Lesegesellschaft beim Kölner Domkapitel in schlechtem Ruf stand. Eine Mitgliedschaft des Grafen Belderbusch, dem reichsten Mann im Fürstentum, würde der Lesegesellschaft den Haut-goût des Aufrührerischen nehmen. Bei der Bewirtung würde sie ein besonderes Augenmerk auf Antons Wohlergehen legen. Und später, in einem günstigen Augenblick, würde Waldstein sie Belderbusch als Erzieherin empfehlen. Wenn sie erst die Verhältnisse von innen kannte, wäre sie auch ihrem Ziel näher, Gräfin zu werden.

Nun schnitt sie schon am zweiten Porträt des Grafen Waldstein. Das schwierige Jabot aus Spitze, an dem sie solange gearbeitet hatte, war ihr gelungen. Sie würde dem Grafen drei Porträts zur Auswahl vorlegen und sich damit besser in seinem Gedächtnis verankern. Vorsichtig führte sie die Schere noch einmal um den Hals von Waldsteins Konterfei. Die beiden Toten fielen ihr ein, denen man die Kehle durchschnitten hatte, als sich plötzlich ein Schatten auf das Papier senkte.

Neben ihr stand einer der drei abendlichen Gäste aus Köln. Seine Augen waren halb geschlossen, und er musterte sie kalt. Babette rückte unwillkürlich ein wenig von ihm weg.

»Mademoiselle Koch, wenn ich nicht irre?«, fragte der Mann. Sein Atem traf sie wie ein Pesthauch.

Babette lächelte ihr routiniertes Wirtshaustochterlächeln. »Sehr wohl, mein Herr!« Dann stand sie auf. Sie waren fast gleich groß, und sie schaute dem Mann unerschrocken in die Augen.

»Sie suchen ein bestimmtes Buch? Wir haben gestern neue Ware bekommen. Einiges sogar in französischer Sprache!«

Der Mann schaute missmutig auf die Bücherschränke. »Wer liest denn dieses welsche Zeug?«

Babette hatte nicht nur ihre Fassung wiedergewonnen. Sie antwortete dem Mann mit kühler Herablassung. »Seine Hoheit, der Kurfürst, wenn Sie erlauben. Wie Sie vielleicht wissen, ist seine Schwester die Gattin des französischen Königs. Und schon seit der Zeit des Kurfürsten Clemens August wird bei uns das Französische sehr gepflegt.«

Der Mann klemmte seine Daumen hinter das Revers seines schweren Überrocks und senkte den Kopf. Einen Augenblick sah er aus wie ein Ziegenbock, der zum Angriff ansetzt. »Und welche Art von christlicher Literatur vertreiben Sie hier?«, fragte er mit drohendem Unterton.

Babette ging auf einen großen Schrank in der Mitte zu. »In erster Linie pflegen die Stiftsherren und Seine Hoheit die Neuerscheinungen auf religiösem Gebiet zu bestellen! Hier, sehen Sie, das alles ist erst letzte Woche aus Köln gekommen!«

Dann drehte sie sich um, richtete sich zu ihrer vollen Größe auf und sah den Mann hochmütig an. »Der Vollständigkeit halber sehen Sie sich am besten auch in der Haasischen Buchhandlung gegenüber um. Dort führt man viel Christliches! Im Übrigen gibt es neben unserer und der Haasischen Buchhandlung in Bonn noch die Angebote der Buchhändler Abshoven, Noeggerath und Geul, falls es den werten Herrn interessiert.«

»Im Moment interessiere ich mich für diese hier«, schnaufte der Besucher. »Welche Ihrer Schriften befassen sich mit Politik? Was haben Sie an politischen und philosophischen Schriften? Haben Sie etwas von Eulogius Schneider, der hier an der Universität lehrt?«

Sein Zwiebelatem streifte Babette, als der Mann sich bedrohlich nah vor ihr aufbaute. Sie schlug die Augen nieder und antwortete sanft: »Ach, das ist bei uns durchaus verschieden sortiert. Wir haben englische und französische Schriften, einiges im Original, einiges übersetzt! Auch Gedichte von Eulogius Schneider. Wenn Sie möchten, kann ich Ihnen gerne eine Aufstellung machen.« Sie ließ sich wieder am Tisch nieder und ergriff eine Feder.

Der Fremde trat aufdringlich nah neben sie. »Und haben Sie Bestellungen von der hiesigen Lesegesellschaft? Ich trage mich mit dem Gedanken, der Gesellschaft beizutreten!«

Babette lag es auf der Zunge, dass der Weg von Köln nach Bonn doch zu beschwerlich sei, um regelmäßig an den Treffen teilzunehmen. Aber sie zog es vor, zu schweigen und so zu tun, als habe sie den Mann noch nie gesehen. Sie verneigte sich.

»Gewiss, der Herr. Bis morgen Abend werde ich Ihnen ein Verzeichnis unserer politischen Bücher gemacht und diejenigen markiert haben, die man in der Lesegesellschaft behandeln möchte. Sie können entscheiden, welche Sie erwerben wollen!« Dann setzte sie listig hinzu: »Wie ist der werte Name?«

Der Mann kniff seine Augen zusammen und starrte sie an. »Corzelius, schreiben Sie Corzelius. Ich komme dann demnächst vorbei und hole das Verzeichnis!« Dann verließ er grußlos und leicht hinkend die Bücherstube.

Babette schaute ihm nach und sah auf seine Füße. Sie hatte einen Pferdefuß erwartet, aber er trug Stiefel.

# 8

Zur selben Zeit machten sich Ludwig und Stephan auf den Weg zur Lesegesellschaft. Ludwigs Lehrer Neefe hatte sie eingeladen, an der Versammlung teilzunehmen. Der Universitätsprofessor Eulogius Schneider werde einen Vortrag halten und danach stehe Schillers Gedicht »An die Freude«, vorgetragen von Frau Neefe, auf dem Programm.

Eulogius Schneider hatte bisher vom Katheder einige flammende Reden zu den Vorgängen in Frankreich gehalten, denen auch Ludwig zugehört hatte. Das Auditorium war in jeder Vorlesung größer geworden. Zuletzt standen die Zuhörer bis in den Hof der Universität, die in einem ehemaligen Jesuiten-Gymnasium, nicht weit von Ludwigs Geburtshaus, untergebracht war. Heute Abend würde Schneider in der Lesegesellschaft seine Antrittsrede vom Vorjahr wiederholen, eine Rede, die den Titel führte: »Über den gegenwärtigen Zustand und die Hindernisse der schönen Litteratur im katholischen Deutschlande«.

Schneider, ein ehemaliger Franziskaner mit rundlichem Gesicht, erhob sich, ließ den Blick über die Zuhörer schweifen und begann mit voller Stimme, den Anwesenden die enge Sicht der Kirche auf die Literatur zu erläutern. Dass sie wie ein Korsett wirke und ein Hindernis darstelle für die Entfaltung eines freien Geistes. In Schillers Versen hingegen lodere bereits dieser Geist der Freiheit, und deshalb hätten sie in Kurköln nicht entstehen können.

Alle nickten zustimmend, im sicheren Bewusstsein, dass der Kurfürst ebenso dachte wie sie alle. Max Franz war zwar als Erzbischof das Oberhaupt auch des rückwärtsgewandten Kölner Klerus, als Kurfürst jedoch den schönen Künsten und der Freiheit des Geistes zugetan. Immer wieder wurde er diesbezüglich vom Kölner Domkapitel gemahnt. Er hatte als oberster Dienstherr Schneider zum Universitätsprofessor ernannt, ihm jedoch aufgetragen, den Franziskanerorden zu verlassen. Er wolle keinen Mönch auf einem Lehrstuhl. Daraufhin hagelte es Proteste aus Köln. Etwas später nahmen Spione des Domkapitels an Schneiders Vorlesungen teil und rapportierten dessen aufrührerische Thesen. Seitdem verstrich im Kurfürstlichen Hofamt keine Woche mehr ohne Beschwerden über den rundlichen Universitätsprofessor.

Als Schneider mit einem Plädoyer für die Freiheit der Literatur schloss, spendete die Lesegesellschaft Beifall, wenn auch nicht so frenetisch wie die jungen Zuhörer in der Universität es seit Wochen taten. Dann wurde Schillers Gedicht von Frau Neefe vorgetragen. Frau Neefe begann ausdrucksstark und mit leicht sächsischem Akzent. Susanne Neefe war seinerzeit mit der Seylerschen Theatertruppe nach Bonn gekommen und mit ihrem Mann, dem damaligen Theaterdirektor, noch unter Kurfürst Max Friedrich beim Hoftheater angestellt worden. Neefe, der auch komponierte, hatte sich um das Amt des Hoforganisten beworben, und Max Friedrich hatte den Protestanten per Dekret eingestellt. Neefe hatte den elfjährigen Ludwig an der Orgel und in der Komposition unterrichtet.

Als zwei Jahre später der neue Kurfürst Max Franz die Regierung übernahm, hatte man Neefe in einem Bericht mit dem Titel »Unterthänigster Bericht und Vorschlag, was bei der Hof Kappellen Musique zu verändern und verbessern sei«, alle Meriten abgesprochen; Neefe sei nur durch Protektion angenommen worden, sei calvinisch und seine vierhundert Florin könnten eingespart werden. Max Franz setzte daraufhin Neefes Gehalt zunächst auf zweihundert Gulden herab, woraufhin die Neefes sich um ein Theaterengagement außerhalb Bonns bemühten. Nachdem der neue Kurfürst jedoch Neefes Verdienste selbst zu schätzen gelernt hatte, ließ er ihm sein früheres Gehalt wieder zukommen und übergab dem Protestanten zur Empörung des Domkapitels sogar die »Direktion über Kirchen- und andere Musik bei Hofe«. Neefe hatte sich später dankbar geäußert, dass er stolz darauf sei, »einem der aufgeklärtesten teutschen Fürsten zu dienen«. Er war auch Mitglied der inzwischen verbotenen Illuminaten gewesen und hatte, um als Freigeist weiterhin ein Forum zu haben, mit anderen Bürgern der Stadt, wie Franz Ries oder Nikolaus Simrock, die Lesegesellschaft gegründet. Seine Frau arbeitete als Schauspielerin und Souffleuse beim Hoftheater.

Susanne Neefe hatte die letzten Verse in jubelndem Ton vorgetragen, bei dem Ludwig, ohne dass er etwas dagegen hätte tun können, Melodien wie muntere Bäche kreuz und quer durch den Kopf flossen, ohne jedoch zusammen einen Strom zu bilden, auf dem Schillers Verse wie Schiffe hätten treiben können. Er verwarf, was er innerlich hörte, war sich aber ganz sicher, dass er das Gedicht einmal in Tonfolgen umsetzen würde. Mitten in dem Summen hinter seiner Stirn bemerkte er, wie sich Frau Neefe verneigte und wie Eulogius Schneider aufsprang und laut in die Runde rief: »Liebe Freunde des Geistes, ›Bettler werden Fürstenbrüder‹, diese hellsichtige Phrase des Dichters ist erst vor einem Jahr in Frankreich wahr geworden, als das Volk auf die Barrikaden ging und sich die Macht genommen hat. Zur Feier dieser historischen Tat habe auch ich etwas gedichtet, das ich Ihnen hiermit zu Gehör bringen möchte!« Schneiders weiches Gesicht straffte sich, er reckte das runde Kinn vor, und die sonst so sanften Augen bekamen einen unnatürlichen Glanz.

»Gefallen ist des Despotismus Kette, beglücktes Volk von deiner Hand: Des Fürsten Thron ward dir zur Freiheitsstätte / Das Königreich zum Vaterland. / Kein Federzug, kein: ›Dies ist unser Wille‹, entscheidet mehr des Bürgers Los. / Dort lieget sie im Schutte, die Bastille, ein freier Mann ist der Franzos'!«

Stephan von Breuning und zwei andere junge Männer riefen »Hoch« und klatschten laut. Die übrigen Anwesenden hielten sich jedoch zurück. Der Kurfürst wäre vermutlich wenig amüsiert über Schneiders Gedicht. Sein Federzug entschied noch immer in so vieler Hinsicht über das Los der hier versammelten Männer. Ludwig, dem die Botschaft Schneiders sympathisch war, der aber zu empfindlich war, um nicht am Reim Anstoß zu nehmen, neigte sich zu Stephan und flüsterte: »Sehr gewagt, Bastille auf Wille zu reimen!« Stephan lachte. »Er denkt an Pastille, glaube ich!« Dann schlug er Ludwig leise kichernd vor, dem ehemaligen Franziskanermönch eine Dose Veilchenpastillen aus der Hofapotheke zu schenken.

Eulogius Schneider, unbeirrt von der Tatsache, dass er keinen Zuspruch fand, sah jetzt das Publikum herausfordernd an. »Auch wir hier in Kurköln und anderen deutschen Landen sind aufgerufen, die Freiheit und Gleichheit für uns zu beanspruchen. Lasst uns in diesem Kreis durch Lektüre und Gespräch die Ideen der Revolution befruchten, damit sie endlich zu Taten werden können.«

Die Zuhörer, die noch im Bann von Frau Neefes Vortrag standen, in dem sich Dramatik und Zurückhaltung ansprechend die Waage gehalten hatten, schauten irritiert auf den gestikulierenden Schneider.

In die Stille hinein räusperte sich Ludwig, dem genaue Lektüre wichtig war, und hob die Hand zu einer Frage. »Ich habe Schillers Gedicht so verstanden, dass es die Freude ist, die Bettler zu Fürstenbrüdern macht!«

Eulogius Schneider sah auf ihn herab und zögerte ein wenig. Dann lächelte er jovial: »Mein lieber junger Freund, das Volk von Paris hatte kaum Grund zur Freude. Es hatte Hunger, und es gab kein Brot. Was folgern wir daraus? Erst kommt das Brot, dann erst die Freude!«

Stephan von Breuning klatschte begeistert Beifall, hörte jedoch wieder auf, als er bemerkte, dass er damit allein war.

Ludwig hob noch einmal die Hand. »Schiller wusste aber doch nichts vom Pariser Volk und seinem Hunger, als er das schrieb. Ich habe noch eine Frage. Weshalb hat der Dichter wohl den Vers ›Brüder – überm Sternenzelt / muss ein lieber Vater wohnen‹ gewählt?«

Vom Auditorium ging stille Ratlosigkeit aus, bis sich sein Lehrer Neefe erhob. »Ich will eine Antwort versuchen, Ludwig. Ich habe gehört, der junge Dichter habe sehr mit dem eigenen Vater gehadert. Man muss annehmen, dass er hier der Hoffnung Ausdruck verleiht, dass es doch einen liebenden Vater geben muss, einen himmlischen, guten Vater gegenüber dem irdischen, den er gehasst hat. Auch ich habe in meiner Disputation im Fach Jurisprudenz seinerzeit ein Thema behandelt, dass sich mit der Macht des Vaters auseinandersetzt. Es lautete: ›Ob ein Vater befugt sey, seinen Sohn zu enterben, weil er sich dem Theater geweihet.‹ Sie können daraus entnehmen, dass das Verhältnis eines Sohnes zum Vater nicht ohne Konflikt verläuft; bei Schiller wie auch bei mir war das sicher der Fall. Aber natürlich ist der Vers auch so zu lesen, dass die überschwängliche Freude, welcher der Dichter huldigt, es wahrscheinlich macht, dass es einen lieben Gott gibt.«

Alle schwiegen. Neefe, der in sächsischem Tonfall und in großer Ruhe gesprochen hatte, war es, wie schon so oft, gelungen, die Dinge präzise zusammenzufassen.

Ludwig sah auf seine mit Lehm bespritzten Schuhspitzen und bedachte den Unterschied zwischen irdischem und himmlischem Vater.

»Habe ich deine Frage ausreichend beantwortet, Ludwig?«

Ludwig nickte. Neefe war immer ein guter Lehrer gewesen, und er fühlte sich auch heute wieder von ihm verstanden.

»Verehrte Gesellschaft«, hob Neefe erneut an. »Zum Schluss dieses so vielfältigen und inspirierenden Abends darf ich Ihnen nicht vorenthalten, dass ich mir große Sorgen mache, was die Zukunft der Lesegesellschaft angeht. Sie alle wissen, dass vor einigen Jahren die freigeistigen Logen, wie die Illuminaten zum Beispiel, verboten wurden. Die ehemals Erleuchteten haben sich dann vielerorts wie auch hier in unserem lieben Bonn, in anderen Gesellschaften zusammengetan, um den freien Geist lebendig zu halten. Und nun erreichen uns seit einigen Wochen anonyme Briefe voller Drohungen. Erst letzte Woche erhielt ich ein solches Schreiben mit folgendem Wortlaut: ›Sollten Ihre schamlosen und gotteslästerlichen Treffen weiterhin stattfinden, werden einige von Ihnen das mit ihrem Leben bezahlen!‹ Sie können sich vorstellen, dass meine Frau und ich seitdem wegen der unaufgeklärten Todesfälle der jüngsten Zeit alarmiert sind. Wir machen uns Sorgen, um uns selbst und unsere Kinder. Unheimliche Dinge gehen in der Stadt vor! Der Kurfürst ist beunruhigt. Man schätzt seine Ideen in Köln nicht; es gibt immer wieder Beschwerden. Noch ist er gewillt, der Lesegesellschaft den Rücken zu stärken. Aber gegen dieses verbrecherische Treiben ist selbst er machtlos!«

In den Gesichtern der Anwesenden spiegelten sich verschiedene Gefühle. Die einen zeigten Unwillen und Abscheu, andere Furcht. Neefe hatte das feinfühlig registriert und fragte, ob auch andere Teilnehmer Briefe dieser Art erhalten hätten. Dies war nicht der Fall. Dann forderte er alle Mitglieder auf, unverzüglich Bescheid zu geben, falls weitere Drohbriefe auftauchten. Er habe sich schon mit der Gendarmerie in Verbindung gesetzt und die Vorgänge gemeldet. Bedrückt, und nicht wie gewöhnlich angeregt plaudernd, verließen die Anwesenden die Versammlung.

# 9

Am Montagabend trafen sich Wegeler, Stephan und Ludwig wie verabredet im »Zehrgarten«. Babette berichtete, dass einer der Herren aus Köln bei ihr gewesen war und sie um eine Liste mit politischer Literatur gebeten hatte. »Sie sind Spione des Domkapitels, das steht fest!«, folgerte Wegeler erbost. »Oder sie stehen ihm zumindest nahe«, mutmaßte Stephan.

Eine halbe Stunde später trafen die drei Kölner ein. Sie nahmen an einem Fenstertisch Platz und starrten stumm zum Fenster hinaus. Auch ihr Essen nahmen sie schweigend ein. Ihre Kleidung war gediegen, und die Art, wie sie aßen, zeigte, dass sie dem höheren Bürgertum entstammten. Schweigend, wie sie gekommen waren, verließen sie nach Beendigung der Mahlzeit das Weinhaus wieder. Wegeler ließ nach Babette schicken und bat sie, ihm zu schildern, was einer der Männer von ihr gewollt hatte.

»Und hat er schon nach der Liste gefragt?«

»Noch nicht! Er ist ja gerade mit den anderen weggegangen. Vielleicht wollte er nicht, dass seine Kumpane von seinem Auftrag wissen.«

Ludwig bewunderte Babettes Schläue.

Wegeler nickte. »So könnte es sein. Wenn sie alle drei für das Domkapitel arbeiten, sind sie vielleicht Rivalen. Jeder will der Beste sein beim Rapport zu Hause!«, pflichtete er Babette bei. »Darum müssen wir uns beim nächsten Mal näher zu den Männern setzen. Vielleicht sind sie nicht immer so schweigsam!« Dann bestellte er noch eine Runde.

Als der Wein zur Neige ging, kam Matthias, Babettes Bruder, von draußen herein. Von einem der Kölner Herren sei er eben gefragt worden, wer denn die beiden Gesellen beim jungen Beethoven seien.

»Das heißt«, fuhr er aufgeregt fort, »ihr seid denen schon aufgefallen! Als ich Ihren Namen nannte, Monsieur Wegeler, wollte ein anderer wissen, was für ein Arzt Sie sind, und ich habe gesagt, für die Geburtshilfe. Das trifft doch zu, oder?«

Wegeler lächelte. »Das ist richtig. Ich bin hier sowohl in der Geburtshilfe als auch in der Gerichtsmedizin tätig. In meiner ersten Profession habe ich Gott sei Dank mehr zu tun.«

Babette stand auf, um in die Buchhandlung zurückzugehen. Sie schlug den Freunden vor, Graf Waldstein zu fragen, ob er die Aufgabe übernehmen wolle, sich abends in die Nähe der Männer zu setzen. »Vielleicht kann er sogar mit ihnen sprechen. Schließlich ist er Deutschordensritter!«

»Oder ich komme mit meinem Onkel, dem Stiftsherrn. Dem müssen sie auch Rede und Antwort stehen«, schlug Stephan vor.

Wegeler schien skeptisch. »Es würde mich wundern, so zugeknöpft, wie die wirken, wenn sie überhaupt jemandem Rede und Antwort stehen. Vielleicht der Gendarmerie, dafür müssten sie jedoch etwas verbrochen haben. Aber vorerst tun sie nicht mehr, als jeden Abend im ›Zehrgarten‹ zu speisen!«

»Und spionieren die Lesegesellschaft aus!«, ergänzte Ludwig düster. »Neefe hat gestern Abend von anonymen Drohungen gegen Mitglieder der Gesellschaft gesprochen. Er selbst hat Briefe erhalten!«

Wegeler bat Ludwig, Neefe zu fragen, ob die Briefe unterzeichnet seien. »Und wenn ja, wie!«

Ludwig nickte und trank seinen Wein in großen Schlucken.

Stephan sah eine Weile auf seine Fingerspitzen, die er gegeneinandergepresst hielt. Dabei zog er die Lippen ein und kräuselte seine Stirn. Er schien konzentriert nachzudenken. Die beiden anderen schwiegen und warteten, was er zu sagen hatte. Nach einem tiefen Ein- und Ausatmen hob er an: »Falls sie etwas mit den Morden zu tun haben, müssen wir uns rüsten. Ich bin dafür, dass wir uns ebenfalls zu einer heimlichen Gruppe formieren. Lasst uns die Soldaten des Erzengels Michael sein. Er hat den Teufel in Gestalt eines Drachen besiegt! Wir machen es ihm nach und bekämpfen wie er das Böse. Wir sind die Drachentöter!« Dabei hatte er einen ähnlichen Glanz in seinen Augen wie seine Schwester, wenn sie von Ludwigs Klavierspiel fasziniert war.

Wegeler schüttelte den Kopf. Er war der älteste und bedächtigste der drei. »Erst einmal werden wir den Drachen überhaupt finden müssen!«

Ludwig lehnte sich zurück, senkte seinen Kopf und verschränkte die Arme vor der Brust. Seine ganze Haltung atmete Abwehr. »Ich bin kein Drachentöter und will auch keiner sein; ich diene nur der Kunst!«

Stephan sah ihn befremdet an. »Frei heraus gesagt: Ich hätte mehr ritterlichen Mut von dir erwartet, Ludwig!«

»Der Ritter bist du, Stephan.« Ludwigs Stimme hatte einen frostigen Klang. »Ich bin Musikus! Ich spiele, die Herren zahlen. Meine Brüder müssen essen und ein Dach über dem Kopf haben. Das ist mein Los!«

Diesmal sah ihn Stephan betroffen an. Dann lächelte er jedoch über die angespannte Situation hinweg und verkündete frohgemut, dass er die Dinge bereits ins Rollen gebracht hätte. »Meine Freunde! Was Mademoiselle Koch noch nicht weiß: Waldstein ist bereits eingeweiht und will helfen. Ich habe ihn gebeten, für uns das Auskundschaften der Kölner zu übernehmen. Er ist einverstanden.«

# 10

Ferdinand Graf Waldstein löffelte bedächtig seine Rinderbrühe, eine Spezialität der Witwe Koch. Er hatte den »Zehrgarten« erst betreten, als ihm Matthias ein Zeichen gegeben hatte. Davor hatte er bei Babette gesessen, die ihm mit gesenktem Blick sein Konterfei als Scherenschnitt geschenkt hatte. Als er sich gerade bewundernd über die Feinheit des Spitzenjabots äußerte, war Matthias in die Buchhandlung gekommen und hatte gerufen: »Sie kommen!«

Der Graf ging über einen Gang nach hinten und verließ das Weinhaus über eine Nebentür. Dort wartete er auf Matthias, der Bescheid geben sollte, wenn den drei Kölnern das Essen serviert würde. Das Weinhaus war gut besucht, und als es soweit war, führte Matthias ihn an einen kleinen Tisch in der Nähe der Männer. Er nahm mit dem Rücken zu ihnen Platz und verstand, warum Babettes Bruder diesen Platz gewählt hatte. An der Wand ihm gegenüber hing ein kleiner gerahmter Spiegel, unauffällig, aber dennoch groß genug, um die Herren am Nebentisch beobachten zu können.

Die drei nahmen keine Notiz von ihm. Die Brühe war gut, die Fleischeinlage reichlich bemessen. Waldstein vermisste in Bonn die böhmische Küche, aber der Witwe Koch gelang es manchmal, auch seinen anspruchsvollen Gaumen zufriedenzustellen.

Er schlürfte laut, um dem Nebentisch zu bedeuten, dass er sich ganz auf sein Essen konzentrierte. Zwischen den Löffeln spitzte er die Ohren und lauschte angestrengt auf die karge Konversation der Männer. Immerhin war man heute gesprächiger. Er schnappte das eine oder andere Wort auf: *Lesegesellschaft*, *Schneider*, *Neefe*, *Kutsche*.

Babette hatte ihm erzählt, dass einer der drei Männer von ihr eine Liste mit Neuerwerbungen der Lesegesellschaft gefordert hatte. Es war klar, was das Anliegen der Kölner war. Er würde seinen Freund, den Kurfürsten Maximilian Franz, noch heute in

Kenntnis setzen. Der Kurfürst sollte wissen, dass man inzwischen Dauerspione aus Köln nach Bonn schickte.

Im Spiegel sah er den feisten Nacken eines der drei Männer, um den sich eine goldene Kette wand. Dann fiel ihm auf, dass auch die anderen beiden Ketten trugen. Waldstein fasste einen Entschluss.

Als Matthias seinen Teller abräumte und fragte, ob er noch einen Wunsch habe, bestellte er eine Karaffe mit Wein, wartete, bis der junge Mann sie gebracht hatte und stand auf. Er trat an den Tisch der drei Männer und stellte sich vor:

»Gestatten Sie, meine Herren. Waldstein, Graf Waldstein. Darf ich Sie zum Wein einladen? Ich sitze hier ungern allein. Ich bin Deutschordensritter, und ich denke, Sie sind Männer der Kirche. Mir fallen Ihre Ketten auf. Welchem Orden gehören Sie an?«

Der Feiste sah ihn düster an, die beiden anderen hoben erst gar nicht den Blick von ihren Tellern. Dennoch standen alle drei auf. Waldstein folgerte daraus, dass es Bürgerliche waren. Der Kleinste von ihnen verbeugte sich leicht.

»Wir bedauern sehr, Herr Graf, wir sind ganz und gar mit wichtigen Geschäften beschäftigt und führen Gespräche, die keinen Außenstehenden dulden. Wir bedauern!« Dann verbeugte er sich noch einmal und nahm wieder Platz.

Waldstein verneigte sich ebenfalls und bedauerte seinerseits, gestört zu haben. »Dann nehmen Sie meinen Wein, die Herren! Ich empfehle mich.« Er winkte Matthias zu, den Männern einzuschenken und ging in die Lesestube, um sich von Babette zu verabschieden.

Matthias Koch folgte ihm nach draußen und flüsterte ihm rasch etwas ins Ohr.

»Das ist sehr interessant! Vielen Dank, Matthias. Meine besten Grüße an die Frau Mama, die Brühe war ausgezeichnet!« Dann bestieg er seinen Wagen und befahl dem Kutscher: »Zum Palais Breuning!«

Im Musikzimmer der Breunings traf er Stephan, Wegeler und Ludwig, der unter heftigen Kopfschmerzen litt. Er hatte den Unterricht von Eleonore und Lorenz abgesagt, und Stephan hatte die Geschwister gebeten, ihn mit den Gästen allein zu lassen. Alle drei schauten gespannt auf den Grafen.

»Wir müssen unbedingt handeln, *chers amis*! Die drei führen etwas im Schilde, das sagt mir mein Gefühl. Sie bilden einen Orden, das habe ich erkennen können, und sie sind offenbar in einer geheimen Mission unterwegs!«

Wegeler, der Ludwig in einem Glas ein Pulver gegen die Schmerzen mischte, nickte heftig. »Mir geht der Anblick der beiden jungen Menschen nicht aus dem Sinn, die ich untersucht habe. Das muss aufhören! Vielleicht ist dieses Gesindel ja direkt oder indirekt an den Morden beteiligt. Wenn ich nur wüsste, wie man ihnen das Handwerk legen könnte.«

In der Tür erschien Lorenz, das jüngste der Breuning-Kinder. Er lauschte begierig, aber sein Bruder stand auf und schob ihn wieder hinaus. »Wenn du dich für Räubergeschichten interessierst, dann lass dir von Eleonore vorlesen. Sag dem Diener, er möge den Kaffee bringen!«

Waldstein beugte sich aus seinem Sessel vor und senkte seine Stimme.

»Ich habe da eine Idee. Ich interessiere mich sehr für die goldenen Ketten, die sie tragen. Eventuell kann man an ihnen erkennen, welchem Orden oder Bund sie angehören. Und eben, als ich den »Zehrgarten« verließ, ist mir Matthias nachgelaufen und hat mir zugeflüstert, dass einer der Männer ihn gestern Abend nach einer Frau gefragt habe, die sich für Liebesdienste bezahlen lässt.«

Die Anderen sahen ihn verständnislos an. Stephan rutschte unruhig auf seinem Stuhl hin und her. »Und? Was hat das mit den Ketten zu tun?«

Auch Franz Wegeler sah den Grafen fragend an. Ludwigs Kopf schmerzte zu sehr, um dem Grafen folgen zu können. Waldstein lächelte verschmitzt. »Denkt doch einmal nach! Wir wollen wissen, was das für Ketten sind. Wenn wir nun jemanden finden, eine Frau vielleicht, die uns dabei hilft, das herauszufinden?«

Ludwig dämmerte es, was Waldstein meinte. Er rieb sich die schmerzenden Schläfen und brummte: »Ach so! Wir finden ein liederliches Weib, schicken sie dem Mann, und sie soll seine Kette stehlen!«

Waldstein nickte. »So ist es. Aber sie muss sie gar nicht entwenden, sie soll sie sich nur genau ansehen und uns sagen, wie sie aussieht oder ob ihr etwas an ihr aufgefallen ist. Die Männer tragen sie ja so, dass man nicht sieht, wie die Anhänger aussehen. Vielleicht gibt es ein Ordenszeichen. Ich kenne mich damit aus!«

Stephan war rot geworden. »Und wo findet man eine solche Person?«

Waldstein, der älteste von ihnen, schlürfte genießerisch den heißen Kaffee, den der Diener gebracht hatte.

»Ich könnte meinen Kutscher fragen. Die Kutscher gehen manchmal in ein Haus unten am Rhein, dorthin, wo die großen Frachtschiffe aus Holland anlegen. Er hat mir einmal erzählt, dass es dort Dirnen gibt für die Schiffer. Vielleicht kann er eine für uns ansprechen. Wir bieten ihr Geld, Matthias führt sie dem Kölner zu, und mit etwas Glück werden wir bald mehr wissen über die Herren und ihren Schmuck!« Zufrieden lehnte er sich in seinen Sessel zurück.

Stephans Gesicht war jetzt hochrot. »Wo befindet sich denn dieses Haus? *Ich* könnte doch dort vorsprechen.«

Waldstein schüttelte den Kopf. »Ich glaube nicht, dass die Hofrätin das gutheißen würde. Es ist besser, ich frage meinen Kutscher!«

»Dann fahren Sie heute noch dahin, lieber Graf! Wenn Sie eine finden, sagen Sie ihr, sie könne doppelt verdienen. Und Matthias soll dem Gast sagen, er habe eine Frau für ihn gefunden«, drängte Wegeler. »Wir dürfen keine Zeit verlieren, wer weiß, was sonst noch passiert!«

## 11

Zwei Tage später wartete Waldstein in der Kutsche darauf, dass sein Bediensteter mit einer Frau aus dem Wirtshaus »Zum Anker« zurückkam.

Dem Kutscher war zunächst nicht ganz klar, worum es bei dem Geschäft ging. Er hatte angenommen, der Graf suche für sich ein Abenteuer mit einem Mädchen. Er hatte etwas verlegen gezögert und bemerkt, die Damen seien vielleicht nicht elegant genug für den Herrn Grafen, manche seien auch nicht gesund. Dann hatte er verstanden, dass sein Herr die Frau für andere Dienste brauchte. Aus den sparsamen Andeutungen Waldsteins folgerte er, dass der Graf jemanden durch eine Dirne ausspionieren wollte. »Dann brauchen wir eine Schlaue«, hatte er gegrinst. »Da weiß ich eine! Aber schön ist sie nicht, sie hatte als Kind die Blattern.«

Waldstein starrte auf den Eingang. Auf einem roten Schild über der Tür saß eine Nixe auf einem goldenen Anker. Mit einer Hand hielt sie sich fest, mit der anderen wickelte sie eine Strähne ihres langen blonden Haares um den Zeigefinger. Eine Gruppe von Schiffern tauchte aus dem Dunkel auf und näherte sich der Schänke. Sie sprachen kein Deutsch. Waldstein vermutete, dass es Holländer waren. Sie waren angetrunken und grölten laut durcheinander. Einer von ihnen pinkelte neben den Eingang. In der Kutsche war es kalt, und Waldstein musste zweimal äußerst heftig niesen.

Endlich, nachdem die Schiffer im »Anker« verschwunden waren, ging die Tür des Wirtshauses wieder auf. Ein Schwall von Tabakqualm und Bierdunst drang bis zu ihm in die Kutsche, dazu Geschrei aus Männerkehlen und vereinzelt hohe, kreischende Stimmen von Frauen. Sein Kutscher öffnete den Verschlag. Eine schlanke Frau, in einen Umhang gehüllt und um den Kopf ein Tuch geschlagen, stieg ein und grüßte. Waldstein erwiderte den Gruß und befahl dem Kutscher loszufahren.

Vom Rhein bis zum Markt brauchte die Kutsche nicht lange. Waldstein beeilte sich, die Frau mit ihrer Mission vertraut zu machen. Sie schien alles zu verstehen, auch dass sie nach dem Besuch bei dem Freier zu ihm in Häusers Weinschänke kommen sollte, die nicht weit vom Gasthof Schopp lag.

»Schauen Sie genau hin, ich nehme an, der Mann legt die Kette ab. Schauen Sie, wo sie liegt, und prägen Sie sich den Anhänger ein. Der Anhänger ist das Wichtigste.«

Die Frau nickte. »Und was ist mit dem Geld?«

»Das bekommen Sie von uns in der Schänke.«

»Und wenn ich die Kette nicht finde? Was dann? Bekomme ich dann kein Geld?«

Waldstein beruhigte sie. »Sie bekommen die versprochenen Taler in jedem Fall.«

Auf dem Marktplatz ließ er die Frau, er schätzte sie auf Anfang dreißig, an der mit Matthias verabredeten Stelle aussteigen. Waldstein hatte ihr Gesicht kaum erkennen können. Sie sprang behände aus der Kutsche und bedankte sich.

»So fein bin ich noch nie zu einem Galan gefahren!«, rief sie und lief zu Matthias, den sie offenbar kannte. Dann sah der Graf noch, wie Matthias mit ihr im Gasthof verschwand.

Waldstein ließ sich zu Häusers Weinschänke fahren und traf dort Franz Wegeler, Ludwig und Stephan. Er hatte gegenüber der Hofrätin ein schlechtes Gewissen, weil er Stephan mit in diese zwiclichtige Angelegenheit zog. Aber Stephan war von einer solchen Neugierde und Abenteuerlust, dass er ihn kaum hatte abhalten können.

Die vier warteten und tranken angesichts der besonderen Umstände schweigsam ihren Wein. Schon nach einer halben Stunde kehrte die Frau zu ihnen zurück. Im Kerzenlicht sah man, dass ihr hübsches Gesicht links von Narben überzogen war. Ihre Augen waren schön, hatten jedoch einen stumpfen Glanz. Ludwig und Stephan sahen sich fragend an. Der Freier hatte sie wahrscheinlich weggeschickt. Waldstein ging auf die Frau zu.

»Nun? Was ist mit der Kette?«

Die Frau zog ihr Tuch halb über das entstellte Gesicht. »Was ist mit dem Geld?«

Der Graf legte die Münzen auf den Tisch. Die Frau steckte sie rasch in ihren Beutel. Dann sagte sie trotzig: »Ich konnte nichts erkennen! Der Kerl hat sich nicht ausgezogen. Sogar die Stiefel hat er angelassen! Dem Herrn sei Dank, er war schnell fertig! Aber gezahlt hat er auch nicht richtig, es waren zehn Groschen mehr abgemacht.« Die Frau hielt ihnen ihre gekrümmte Hand hin, und Waldstein gab ihr das Geld. Sie machte einen tiefen Knicks, schlug ihr Tuch um den Kopf und wollte gehen. Aber der Graf hielt sie zurück.

»Wird der Mann deine Dienste noch einmal in Anspruch nehmen?«, frage er leise.

»Wenn er Matthias noch mal fragt«, sagte sie abweisend. »Mir hat er nichts gesagt.« Dann huschte sie zur Tür und hinaus in die Dunkelheit.

Waldstein sah Wegeler an. »Ich denke, wir müssen diesen Akt wiederholen. Das war nur die Probe. Ich hoffe, der Kerl hat weiter Appetit. Wenn nicht auf die, dann vielleicht auf eine andere!«

Sie hatten Glück. Matthias gab Waldstein, der mit Stephan zusammen für den Sauerbraten der Witwe Koch in den »Zehrgarten« eingekehrt war, schon zwei Tage später Bescheid, dass der Mann aus Köln eine weitere »Bestellung« aufgegeben habe.

Im Breuningschen Haus saßen Babette und Eleonore im Musikzimmer und hörten Ludwig zu, der Bach spielte. Sie bekamen mit, wie Stephan nach Hause kam, neben Ludwig trat und die Nachricht flüsternd an ihn weitergab.

»Was hat wer bestellt?«, fragte Eleonore ihren Bruder.

Stephan zuckte mit den Schultern und sah an ihr vorbei. Dann griff er zu einer Notlüge. »Es geht um Ferdinand Waldstein. Der Graf hat jemandem eine gute Quelle für Wein genannt.«

Babette senkte ihren Blick und schwieg.

Bestimmt weiß sie Bescheid, dachte Ludwig. Matthias wird sie in alles eingeweiht haben und wenn nicht, dann hat sie ihm so lange zugesetzt, bis er ihr alles verraten hat.

»Stimmt das, Babette? Es geht um Wein?« Eleonore war zu feinfühlig, um nicht zu spüren, dass die anderen etwas vor ihr verbargen.

Um seine kluge Schwester abzulenken, fragte Stephan in die Runde: «Was ist mit dem Karnevalsball in der Residenz? Wie weit ist deine Komposition für Waldstein gekommen, Ludwig? Er wollte doch ein Ballett aufführen.«

Ludwig, der Eleonore verehrte und auf keinen Fall wollte, dass sie mit den anrüchigen Dingen, die in den letzten Tagen vorgegangen waren, in Berührung kam, griff die Frage nach dem Ball dankbar auf. Er hielt sich den Kopf und stöhnte: »Ach, Stephan. Mir tut der Kopf seit Tagen weh. Ich komme momentan kaum zum Komponieren! Aber die Variationen werden etwas. Ob der Herr Graf allerdings darauf ein Tänzchen wagen will?«

Alle lachten.

So fuhr Graf Waldstein einen Abend später ein zweites Mal zu dem Wirtshaus am Rhein. Die »Bestellung« kam, diesmal in Form einer drallen jungen Frau. Der Kutscher hatte von Matthias gehört, dass der Freier mit der Vorgängerin unzufrieden gewesen sei. Viel zu mager, war sein Kommentar gewesen, und er hatte Matthias gedroht, ihm die Kommission zu streichen, falls er ihm noch einmal so eine Taubenbrüstige schickte.

Waldstein wies das Mädchen an, ihm gegenüber Platz zu nehmen, und schärfte ihr ein, worauf sie zu achten habe. Marie, so hatte sie sich im Gegensatz zu der Blatternnarbigen gleich vorgestellt, winkte ab. »Stina hat mir schon alles erklärt. Mich wird der nicht übers Ohr hauen. Gezahlt wird vorher. Und es geht um den Anhänger an seiner Kette, das hab ich verstanden.« Sie strich über ihr ärmliches Kleid und kicherte. »Wenn Sie wollen, bringe ich sie Ihnen mit!«

Waldstein wehrte ab. »Um Himmels willen nein! Das würde unseren ganzen Plan zunichtemachen.« Dann hielt er ihr eine Goldmünze hin. »Wenn du etwas erkennst und uns berichten kannst, soll es dein Schaden nicht sein!«

Marie strich sich ohne Befangenheit über das helle Blond ihrer Locken, die sie mit einem roten Band zurückgebunden hatte. Dann wickelte sie sich eine Strähne um den Zeigefinger und murmelte: »Die Stiefel behält der bei mir nicht an, weil ich dann nämlich wieder gehe. Bisher ist es mir noch immer gelungen, dass sie sich entkleiden.«

Waldstein sah verwirrt aus dem Fenster. Noch keine Frau hatte bisher in seiner Gegenwart so gesprochen. Als Matthias aus dem Schatten des »Zehrgarten« hervortrat, um das Mädchen zu dem Freier zu bringen, bedauerte er einen Augenblick lang, dass er mit dem Kölner Galan nicht die Plätze tauschen konnte.

In der Weinschänke traf er auf Wegeler und Ludwig, die in einer Nische saßen. Stephan hatte seine Mutter und seine Geschwister zu einer Einladung begleiten müssen. Die beiden Freunde saßen, wie beim letzten Mal, schweigend da. Ludwig hatte in einer Ecke seinen Vater mit drei anderen Männern beim Kartenspiel sitzen sehen. Der alte Beethoven war so betrunken, dass ihm das Blatt mehrfach aus der Hand rutschte und auf den Boden fiel. Ludwig musste sich abwenden und war froh, dass der Alte ihn in der Nische nicht sehen konnte.

Diesmal schien das Stelldichein im Gasthof Schopp mehr Zeit in Anspruch zu nehmen, denn das Mädchen war nach einer halben Stunde noch nicht zurück und auch nach einer Stunde noch nicht.

Wegeler, der immer ein wenig zum Schwarzsehen neigte, stopfte sich zum vierten Mal die Pfeife. »Vielleicht hat sie dem Kölner für ein paar Münzen mehr alles verraten und kommt gar nicht zu uns zurück!«

Waldstein widersprach. »Der Mann ist geizig, sonst hätte er die erste Frau nicht um ein paar Groschen geprellt. Und er hat keinen Verdacht. Außerdem muss er seine Eskapade vor seinen Kumpanen geheim halten. Er wird vorsichtig sein und sich nicht auf einen Handel mit einer Dirne einlassen!«

Ludwig bestellte sich einen weiteren Becher Punsch. Sie saßen jetzt schon fast zwei Stunden da. Sein Vater hockte in seiner Ecke, sein Kopf lehnte an der Wand. Er war eingeschlafen. Seine Kumpane saßen ebenfalls zusammengesunken da und schienen zu schlafen.

Die Kälte war nach ein paar Tagen Tauwetter erneut über die Stadt hereingebrochen. Ludwig fürchtete sich vor der kalten Schlafstube zu Hause. Um weniger zu fühlen, war es das Beste, sich zu betrinken. Als der Wirt den dampfenden Punsch vor ihm abstellte, ging die Tür auf und eine hübsche junge Frau trat ein. Ihre Wangen waren rosig, ihr helles Haar hing lose aus einem roten Haarband. Ihr tiefer Ausschnitt war nur halb von einem Wolltuch bedeckt, das sie um sich geschlungen hatte. Sie erkannte Waldstein und kam an den Tisch der Freunde.

»Da bin ich, die Herren!«, grüßte sie die Männer unbefangen. »Guten Abend, ich hoffe, Sie mussten nicht zu lange warten. Der andere Herr wollte nicht von mir lassen.« Offenbar glaubte sie, die drei Männer seien mit dem Freier bekannt oder auf eine Stufe zu stellen.

Ludwig errötete und sah in seinen Becher. Waldstein wirkte amüsiert, während Wegeler sie streng fixierte. »Und nun?«, fragte er schroff.

Die junge Frau suchte nach einem Glas, und als sie keins fand, ergriff sie die Weinflasche, setzte sie an den Mund und nahm einen kräftigen Schluck. »Das war ein sehr einträgliches Geschäft. Ich soll schon morgen wiederkommen. Ich nehme an, er wird noch eine Zeitlang in Bonn bleiben wollen.«

Wegeler zitterte vor Ungeduld. »Und hast du die Kette sehen können?«

Marie lachte. »Das will ich meinen. Er hat sie ja die ganze Zeit getragen!« Alle drei sahen sie voller Spannung an. »Zuerst war es etwas schwierig; seine Brust ist behaart wie bei einem Aff, und das goldene Ding war ganz und gar darin versunken! Aber er ließ mich damit spielen, und ich hatte es in der Hand! Abnehmen wollte er die Kette aber nicht. Das sei ihm verboten!«

»Der Anhänger! Wie sieht er aus?« Wegeler hatte das Mädchen so heftig an den Arm gepackt, dass er Ludwigs Punsch umstieß.

Marie sah ihn befremdet an, löste seine Hand von ihrem Arm und antwortete ruhig: »Es ist ein Kreuz! Ein ziemlich großes Kreuz, und auf dem Querbalken war auf jeder Seite ein Buchstabe eingeritzt!«

Wegeler stieß einen Schrei aus, beruhigte sich aber sofort wieder.

Waldstein zog das Mädchen zur Tür und drückte ihr das versprochene Goldstück in die Hand. »Viel Glück, Marie. Pass auf dich auf. Mit diesem Kerl ist nicht zu spaßen! Mein Kutscher fährt dich an den Rhein zurück!«

Marie lachte ein heiseres Lachen, das nicht so recht zu ihren blonden Locken passte. »Bei unserem Gewerbe sieht man sich vor. Ich habe immer meinen kleinen Freund bei mir!« Sie öffnete einen grünen Samtbeutel, ließ das Goldstück hineinfallen und zog einen Dolch hervor. »Der hat schon mal einem Holländer, der nicht zahlen wollte, die Nase aufgeschlitzt. Der versteht keinen Spaß, der Kleine. Aber Sie, Sie sind ein Feiner. Das habe ich gleich gemerkt. Danke für die Kutsche!«

Als Waldstein zu den Freunden zurückkam, hatte Wegeler einen Plan.

# 12

Ludwig deutete mit dem Kinn auf Wegeler. »Franz plant einen Diebstahl! Er will, dass die Frau uns den Anhänger besorgt!«

Waldsteins Gesicht verfinsterte sich. Er schüttelte energisch den Kopf. »Wenn eine der Frauen das Ding stehlen soll, werde ich das nicht zulassen. Die riskieren dabei ihr Leben!«

Wegeler insistierte trotzig. »Herr Graf! Wenn wir einen Zusammenhang mit den Morden nachweisen wollen, brauchen wir die Kette. Die Polizei kennt die Zeichen auf den Toten, und wenn sie übereinstimmen mit dem, was die Männer um den Hals tragen, dann müssen diese Kerle vernommen werden! Das Mädchen, diese Marie, muss uns die Kette besorgen. Ich werde ihr ein Mittel mitgeben, das sie dem Mann in den Wein schütten soll.«

Waldstein blieb bei seiner Ablehnung. »Lieber Dr. Wegeler, erlauben Sie, bei aller Hochachtung vor Ihnen und Ihrer Profession: Aber bei einem solchen Unterfangen mache ich nicht mit. Wenn diese Männer Mörder sind, werden sie das Mädchen leicht finden. Und dann machen wir uns schuldig. Das geht auf keinen Fall!«

Als Wegeler auf seiner Position beharrte, wurde der Graf ungehalten. »Wenn Sie die Kette unbedingt wollen, warum holen Sie sie nicht selbst? Oder Sie gehen mit den Gendarmen vorbei und erzwingen eine Herausgabe! Die Frauen lassen Sie bitte aus dem Spiel!«

Ludwig bestellte beim Wirt einen neuen Punsch und lächelte grimmig. »Ich weiß etwas Besseres! Franz und Stephan werden die Kette holen! Stephan will seinen Geheimbund. Hier hätte er ein erstes Betätigungsfeld!«

Waldstein stand auf. »Ich denke, ich habe Ihnen genug in dieser Sache geholfen. Ich fahre jetzt nach Godesberg zurück und begebe mich zur Ruhe. In weitere Machenschaften möchte ich nicht verstrickt werden, und ich möchte Sie auch bitten, den Sohn meiner Freundin Helene von Breuning aus dem Spiel zu lassen. Ich fühle mich für Stephan verantwortlich und möchte nicht, dass er in Kalamitäten kommt!« Damit ließ er Ludwig und Wegeler zurück.

Wegeler drückte sein Kinn auf die Brust und machte ein verdrossenes Gesicht. Dann blickte er auf und sah Ludwig lange an. »Dann müssen wir beide es erledigen!«

Ludwig erschrak zutiefst. »Nein, Franz! Das kann ich nicht machen. Auf gar keinen Fall. Das ist Raub. Wenn die Männer nichts mit der Sache zu tun haben, und wir werden erwischt, dann verwehrt der Kurfürst mir meine Reise nach Wien. Da mache ich nicht mit!« Er schaute störrisch in seinen Punsch und murmelte erneut: »Auf gar keinen Fall! Das kann ich nicht machen. Denk doch —«

Wegeler schnitt ihm streng das Wort ab. »Es bleibt dabei, Ludwig. Wir werden uns morgen Abend den Anhänger holen. Du bist um sieben Uhr im Hof des »Zehrgarten«!« Damit stand der Arzt auf, warf ein paar Münzen auf den Tisch und verließ ohne ein weiteres Wort die Schänke.

Ludwig blieb an diesem Abend nur noch die unrühmliche Aufgabe, seinen betrunkenen Vater zu stützen und nach Hause zu bringen. Der Alte fiel ihm immer wieder um den Hals und sang den ganzen Weg über mit lauter Stimme »Im himmlischen Keller, da wächst Muskateller / und die Engelchen backen das Brot«. Dann blieb er stehen, lachte und rief: »Das hab ich gedichtet, mein Sohn! Das stammt von mir!«

Ludwig konnte ihn nicht zum Schweigen bringen. Im Gegenteil, sein Vater forderte ihn immer wieder auf, mit einzustimmen. Er war froh, dass die meisten Anwohner ihres Nachhausewegs in den Betten lagen. So ersparte er sich wenigstens die Scham.

Er hatte eine sehr unruhige Nacht. In seinen Angstträumen wurden Wegeler und er zusammen mit einem riesigen goldenen Anhänger am Pranger angekettet. Man kam vorbei und spuckte sie an, denn es stellte sich heraus, dass der Anhänger eine kostbare Reliquie aus dem Münster war. Frau von Breuning und Eleonore standen weinend in der Nähe, der Kurfürst trat vor den Pranger und sagte die Wienreise ab. Als Ludwig durch Karls überlautes Schnarchen erwachte, war er froh, dass es in Wirklichkeit noch nicht so weit war. Aber er wälzte sich hin und her und suchte nach einer Möglichkeit, Franz Wegeler umstimmen zu können. Wenn er vielleicht krank würde? Aber Josefa würde Wegeler holen, und Wegeler würde feststellen, dass er gerade sehr gesund war.

Am folgenden Abend schleppte er sich widerwillig zum Marktplatz und traf Wegeler im Hinterhof des »Zehrgarten«. Den ganzen Tag über war es ihm nicht gut gegangen. Er hatte unter Bauchschmerzen gelitten und fürchtete sich vor diesem Abenteuer. Jetzt hoffte er inständig, dass keiner der Männer aus Köln im »Zehrgarten« erscheinen oder den Hof benutzen würde. Matthias sollte ihnen leise pfeifend Bescheid geben, wenn derjenige in den Hof käme, der sich die Frauen bestellte. Wegeler hatte vorgeschlagen, beim Überfall so zu tun, als sei einer von ihnen mit Marie, der jungen Frau aus dem »Anker«, verbandelt und wolle sich jetzt rächen. Er zog Ludwig in ein dichtes Gebüsch neben dem Abtritt. Matthias hatte ihnen ein kleines Wachslicht mitgegeben, das Ludwig hinter einem Dachziegel versteckte. Es roch nach Urin, nach alten Weinfässern und Katzen.

»Wenn er nun nicht kommt?«, fragte Ludwig.

»Einer von denen war doch schon draußen. Matthias hat ihn eben zurückkommen sehen. Das heißt, sie sitzen jetzt noch beim Essen«, brummte Wegeler.

»Denkst du, ich kann eine Pfeife rauchen?«

»Besser nicht, wenn er den Rauch riecht, schöpft er vielleicht Verdacht!«

»Ich halte den Gestank hier nicht aus!«

»Jetzt gib mal Ruhe, Ludwig. Denk an unseren Plan. Sobald der Kerl vom Abtritt kommt, springe ich ihn von hinten an, halte seine Arme fest, und du schlägst ihn nieder.«

Es wurde kälter. Seit einigen Tagen hatte der Frost wieder eingesetzt. Die beiden Männer froren und wurden müde. Ein leiser

Pfiff weckte sie aus ihrer Lethargie. Jemand kam in den Hof, und zu ihrer Überraschung hörten sie, wie jemand nach ihnen rief. Es war Stephan, der in den »Zehrgarten« gegangen war, und den Matthias in ihr Vorhaben eingeweiht hatte. Ludwig spürte beim Auftauchen des Freundes Erleichterung. Nicht nur wären sie jetzt zu dritt. Dass ein reicher Adeliger wie Stephan an der Aktion beteiligt war, ließ den Überfall weniger als ordinären Diebstahl aussehen. Es würde ihrer Tat auch einen höheren Sinn verleihen. Vor dem Kurfürsten ständen sie dann nicht als gemeine Diebe, sondern als tapfere Kämpfer für das Gute da. Wegeler erklärte Stephan hastig, wie sie vorgehen wollten, als wieder ein Pfiff ertönte. Die drei sprangen auf und brachten sich in Position. Sie hörten, wie jemand den Hof betrat und zum Abtritt ging.

Sobald der Mann wieder aus dem Häuschen trat, fielen Wegeler und Stephan über ihn her. Wegeler riss seine Arme nach hinten, während Ludwig und Stephan von vorne auf ihn einprügelten. Ludwig schlug dem Mann ins Gesicht und schrie wie verabredet: »Vergeltung! Das ist dafür, dass du meine Braut verführt hast!« Mit jedem neuen Schlag spürte Ludwig, wie sich etwas in ihm Bahn brach, sich aufbäumte und seinen Tribut forderte. Er schlug heftiger und heftiger zu, bis Wegeler zischte: »Die Kette!«

Stephan riss dem Kölner mit einem Ruck die Halskette ab. Der Mann sank stöhnend zu Boden und bedeckte sein Gesicht mit den Händen. Ludwig gab ihm noch ein paar kräftige Tritte. Dann verschwanden die drei in dem Gang, der zur Nebentür des »Zehrgarten«s führte. Vor der Tür trennten sie sich und verließen den Marktplatz in verschiedenen Richtungen. Wegeler hatte die Kette eingesteckt.

Zu Hause in der Wohnstube sank Ludwig erschöpft in den Sessel am Fenster. Der Überfall hatte ihn mitgenommen. Seine rechte Hand schmerzte, und sein Gewissen plagte ihn. Er hatte sich nicht unter Kontrolle gehabt, sich nicht mit einem einzigen Schlag zufriedengegeben. Er hatte den Mann weiter geschlagen und noch getreten, als er schon am Boden lag. Das ziemt sich nicht für jemanden, der sein Leben der Kunst gewidmet hat, sagte eine Stimme in seinem Kopf. Und auch sonst nicht, sagte eine andere Stimme. Das Gefühl der Scham senkte sich wie ein nasser Mantel auf ihn, um gleich darauf von einer tiefen Traurigkeit abgelöst zu werden. Mit einem Mal erschien ihm sein ganzes Leben schuldbeladen und sinnlos. Er sank in einen leichten Schlaf und wurde erst wieder wach, als er Stimmen auf der Treppe hörte. Es war sein Vater in Gesellschaft zweier Freunde. Die drei betraten die Stube, und sein Vater schien erfreut, ihn zu sehen. »Der Louis ist noch wach! Komm, mein Sohn, trink mit uns!«

Die beiden anderen Männer ließen sich schwer auf die Stühle fallen. »Johann, wo ist der Selbstgebrannte, den du uns versprochen hast?« Der alte Beethoven ging zu der schwarzen Anrichte, die noch von Ludwigs Großvater stammte, und zog eine Flasche hervor, die er von der Verwandtschaft aus Koblenz geschenkt bekommen hatte.

»Hier ist das Wässerchen, liebe Brüder! Komm, Ludwig, nimm auch ein Glas!« Die drei Männer stürzten den Branntwein hinunter und nahmen weiter keine Notiz von Ludwig. Er erinnerte sich an Nächte in seiner Kindheit, wenn der Vater vom Musizieren oder vom Weinhaus nach Hause gekommen war und ihn aus dem Bett gezerrt hatte, damit er ihm und seinen Kumpanen vorspielte. Noch jetzt loderte der Hass in ihm auf, wenn er daran dachte, wie der Alte ihn benutzt und vorgeführt hatte. Er ging zum Tisch, nahm die Flasche und setzte sie sich an den Mund. Sein Vater protestierte, aber Ludwig ließ etwa ein Drittel des Inhalts in sich hineinlaufen. Dann stellte er die Flasche abrupt ab, wankte hinaus und ließ sich in der Schlafkammer auf sein Bett fallen.

Er fiel in einen dumpfen Schlaf und träumte, er spiele den Hamlet. Sie hatten über das Stück in der Lesegesellschaft gesprochen, und Ludwig hatte sich über die Unentschiedenheit des Helden lustig gemacht. In seinem Traum erschien ihm der Geist von Hamlets Vater. Er sah aus wie sein Großvater auf dem Porträt, das

Ludwig inzwischen bei der Witwe Koch ausgelöst und zurück an seinen alten Platz in der Wohnstube gehängt hatte. Der Geist drohte ihm mit der Faust, er habe den Falschen niedergeschlagen. Ludwig fiel im Traum auf die Knie und wollte den Geist um Verzeihung bitten, aber er konnte nicht sprechen. Kein einziger Laut kam aus seinem Mund. Der Geist kam immer näher, wurde größer und größer, riesengroß, bis Ludwig schweißgebadet erwachte.

## 13

In der Messe am folgenden Sonntag wurde Ludwigs Orgelspiel vom Kurfürsten, der im Gegensatz zu seinen Vorgängern im Amt des Erzbischofs die Messe selbst hielt, ausdrücklich gelobt. Er hatte Ludwig zu sich gewunken und ihm seinen Dank ausgesprochen. Ein ungewöhnlicher Vorgang, der Ludwig verlegen und glücklich zugleich machte. Er verbeugte sich linkisch und dankte seinem Dienstherrn »untertänigst« und »von Herzen«. Und dann hatte Seine Hoheit noch hinzugefügt, dass er sich vorstellen könne, dass ein weiterer Besuch in seinem lieben Wien für Ludwig sicher von Vorteil wäre. Alle Breunings waren in der Schlosskirche anwesend. Ludwig schaute zu ihnen hinüber und sah vor allem Eleonore, deren Augen bewundernd an ihm hingen.

Der Kurfürst hatte sein Spiel vor allen gelobt. Und er hatte Wien erwähnt. Gleich würde er bei der Familie von Breuning zu Mittag essen und danach mit Eleonore proben. Ludwigs Herz klopfte plötzlich so schnell, dass es zu stolpern anfing. Vielleicht würde sich sein Leben bald zum Guten wenden. So konnte es ihm jedenfalls gefallen. Wieder verbeugte er sich tief vor seinem Dienstherrn. Max Franz nickte ihm zu und zog sich mit seiner Entourage zurück. Die Besucher der Messe standen vor der Kirche, um noch ein wenig zu plaudern.

Stephan trat auf Ludwig zu und zog ihn beiseite. Er zitterte vor Ungeduld und Neugierde. »Hast du die Kette schon gesehen? Wie sieht sie aus?«

Ludwig verneigte sich vor Neefe, der mit seiner Frau am Arm vorbeiging. Neefe hatte noch gestern Abend mit ihm zusammen die Probe für heute abgenommen und sich sehr zufrieden gezeigt. In Ludwig machte sich ein Glücksgefühl breit. Wenn ihm ein solcher Auftritt wie heute gelungen war, wollte er sein Leben lang nichts anderes machen als spielen, spielen und nochmals spielen. Deshalb sagte er nur obenhin zu Stephan: »Da ist Wegeler. Frag ihn, ob er sie bei sich hat!« Weiter wollte er sich in diesem glanzvollen Moment nicht mit den hässlichen Dingen der vergangenen Tage beschäftigen. Er ließ Stephan stehen und ging zu Frau von Breuning, die ihn gleich wieder so reich bewirten würde.

»Ludwig, möchtest du mit uns in der Kutsche fahren? Das Tauwetter macht die Straßen doch zu schmutzig.«

Ludwig folgte ihr erfreut und stieg ein.

Als sie am Exerzierplatz beim Schloss vorbeifuhren, gab es ihm einen Stich ins Herz. Er konnte aus dem Fenster den Vater und die beiden Brüder zu Fuß nach Hause gehen sehen. Er sah, wie der Vater einmal fast ausrutschte, und wie Karl ihm den Arm bot. Strümpfe und Schuhe des Vaters waren mit Schlamm bespritzt. Sein Hut saß schief, als er sich auf den Bruder stützte. Vielleicht war er schon angetrunken zur Messe gekommen. Ludwig betete inständig, dass die Breunings nichts bemerkten. Aber die Familie unterhielt sich bestens über die neuen Garderoben der Damen und Herren vom Hof. Und wie die Freiin von xy mit der Gräfin yz sich doch tatsächlich um ein samtenes Kniekissen in der Kirchenbank gestritten hatte. Eleonore und die Hofrätin hatten den Streit aus nächster Nähe mitbekommen. Eleonore beschrieb, wie sie fast in lautes Kichern ausgebrochen wäre, als die beiden sich das Kissen teilten, wobei jede Dame nur jeweils ein Knie auf dem Samt platzieren konnte.

Ludwig dachte derweil an seinen Vater und die Brüder. Vielleicht war es nicht richtig, dass er mit den Herrschaften in der Kutsche fuhr, in einem gut geheizten Speisesaal ein üppiges Mahl vorgesetzt bekam, während seine Familie zu Fuß ging und sich zu Hause mit Josefas magerer Küche begnügen musste. Sein Kopf sank auf seine Brust. Er hatte nicht mitbekommen, dass die Hofrätin ihn etwas gefragt hatte.

»Ludwig! Hörst du mich?«, fragte seine Mäzenin ihn ein zweites Mal. »Wie außerordentlich schön du heute gespielt hast! Hat der Fürst dir eine Belohnung versprochen? Die Reise nach Wien vielleicht?« Die Hofrätin war immer gerne auf dem Laufenden über alles, was den Fürsten anging. Da ihr Vater Leibarzt des früheren Kurfürsten gewesen war, war sie von klein auf daran gewöhnt worden, dass alles, was den Herrscher anging, von großem Belang war.

»Er will es sich überlegen, gnädige Frau«, antwortete Ludwig mit düsterer Miene. Er war froh, als die Kutsche vor dem Palais hielt.

Stephan ließ seine Mutter und seine Geschwister vorgehen und hielt Ludwig zurück. »So warte doch, Ludwig! Ich habe Neuigkeiten von Wegeler. Er hat auf der Gendarmerie erfahren, dass sich ein Mann von einem holländischen Schiff gemeldet hat. Er war inzwischen in Dordrecht. Sein Schiff hat jetzt wieder in Bonn angelegt. Er hat ausgesagt, dass er in der Nacht, als der Page Felix ermordet wurde, unten am Rhein war. Er habe sich mit Felix treffen wollen. Noch bevor sie sich jedoch begrüßen konnten, seien mehrere Männer aufgetaucht und über Felix hergefallen. Es seien mindestens drei Männer gewesen, die ihnen aufgelauert hätten. Er selbst habe fliehen können und wäre über das Eis zu seinem Schiff gelangt.«

»Und warum hat er sich nicht bei der Gendarmerie gemeldet?«

»Er hat wohl Fieber bekommen, und sein Schiff ist nach Dordrecht zurückgefahren.«

Ludwig spürte, wie sich das Grauen der Dezembernacht wieder in ihm breit machte. Er hatte geglaubt, es sei auf und davon, aber wahrscheinlich hatte es ihm in einer Ecke seines Gemüts nur aufgelauert. Schweigend starrte er in den schmutzigen Matsch, in den der tauende Schnee sich verwandelt hatte. Schließlich fragte er: »Was hat er noch gesagt?«

»Er hätte sich einige Male mit dem Felix getroffen, im Hofgarten oder in einem Kahn. Sie seien Freunde gewesen. Einmal seien im Hofgarten nachts Fremde aufgetaucht. Felix hätte das den Wachen gemeldet. Felix hätte auch das Gefühl gehabt, dass ihm jemand an den Rhein gefolgt war, als sie sich dort das erste Mal sahen.«

In Ludwig machte sich kalte Wut breit, als er sich den jungen Pagen vorstellte, der, kaum älter als er selbst, noch das ganze Leben vor sich gehabt hatte. Seine Mörder durften nicht ungestraft davonkommen. »Wir müssen diese Lumpen unbedingt anzeigen! Franz hat die Kette und die Zeichnungen. Wir gehen zur Gendarmerie!«, antwortete er grimmig.

Stephan warf den Kopf in den Nacken. »Wegeler ist dagegen. Er meint, wir sollten zunächst mehr über das Gesindel in Erfahrung bringen. Sonst sind sie vielleicht über alle Berge.« Dann rief er begeistert aus: »Was für ein Abenteuer! Ich habe Wegeler vorgeschlagen, dass wir nun umgehend den Geheimbund gründen. Mit regelmäßigen Treffen, Statuten und einem Schwur. Du bist doch dabei, Ludwig, oder? Aber kein Wort zu Mama oder Lore!«

Ludwig schwieg. Er würde sich nicht an dem Geheimbund beteiligen. Er hatte mehr als genug getan, um seine Reisepläne zu gefährden.

Als sie das Vestibül des Hauses betraten, roch es tröstlich nach Rinderbraten. Das Haus der Hofrätin war wie immer eine Art Insel der Seligen für ihn. Draußen gab es Schmutz, Streit, Überfälle und Bluttaten. Hier hatte alles seine Ordnung, hier herrschten Wärme und Licht, und er empfand Dankbarkeit, dass das Leben wenigstens diesen Ort für ihn bereitgehalten hatte.

Nach einer guten Mahlzeit, die im Hauptgang aus zartem Rinderbraten und Stampfkartoffeln mit Wirsing bestand, ging Ludwig mit Eleonore in das Musikzimmer. Der Tafelwein hatte ihn entspannt. Er ließ das Mädchen die Stücke üben, die sie sich zu ihrem Geburtstag gewünscht hatte. Eleonore spielte seine drei Kurfürstensonaten mit viel Ausdruck und sauberer Technik. Er setzte sich neben sie und spielte sie selbst noch einmal. Zu Eleonores Entzücken versah er sie dabei mit einer Reihe von aus dem Augenblick geborenen Variationen. Sein Vater hatte es immer gehasst, wenn er als Kind vom Notentext abwich und seinen eigenen Eingebungen folgte. Erst bei Neefe und Ries hatte er seinen Einfällen freien Lauf lassen können.

Ludwig spielte jetzt leiser und neigte sich etwas zu Eleonore hinüber. Ihr Haar duftete zart. Vor seinem inneren Auge sah er sich als ihr Ehemann. Er stellte sich für einen Augenblick vor, wie sie an langen Abenden gemeinsam musizierten, als ein Diener eintrat und fragte, ob der junge Herr Hoforganist auch zum Tee bleiben wolle. Ludwig nahm die Einladung dankbar an. Er war nach zwei Stunden schon wieder hungrig. Auch genoss er die Teestunde mit der Familie immer besonders, weil er dieses Zeremoniell von zu Hause nicht kannte. Es gab frischen Streuselkuchen. Er machte es Lorenz nach, der sich den Kuchen aufschnitt und dick mit Butter bestrich. Als er aufbrechen wollte, fragte ihn die Hofrätin, ob er nicht, wie schon so oft, bei ihnen übernachten wolle. Ludwig wäre gerne geblieben. Er freue sich über das Angebot, aber er müsse zu seinem Bedauern nach Hause gehen, der Vater wolle ihn sprechen. Dann verließ er widerstrebend das Breuning'sche Haus.

Es war eine helle Vollmondnacht, als er über den Marktplatz ging. Man sagte, in diesen Nächten seien Menschen schon verrückt geworden, weil sie zu lange den Mond angestarrt hatten. Frauen, hieß es, bekamen seltsame Kinder, wenn sie in einer Vollmondnacht niederkamen. Manche tauschten in einer solchen Nacht ihre Seele mit der eines Tieres. Noch vor zwei Jahren hatten in der Baumschule die Wölfe geheult, bis die Jäger des Kurfürsten ihnen den Garaus gemacht hatten. Aber manche wollte gesehen haben, dass es sich um Menschen handelte, die sich da bei Vollmond in Bestien verwandelten. Als er sich zur verabredeten Zeit im Peretti-Haus einfand, war der Vater nicht da.

»Er ist schon gegen drei zum Häuser«, murmelte Josefa. Sie machte ein schuldbewusstes Gesicht, als habe sie die Unzuverlässigkeit des Alten zu verantworten. Ludwig setzte sich ans Clavichord und probierte Einfälle zu dem Ritterballett, das sich Waldstein gewünscht hatte. Der Graf war seit dem Abend mit der Frau aus dem »Anker« nicht mehr bei den Breunings erschienen. Die Hofrätin, die von den Geschehnissen nichts ahnte, hatte ihm eine

Nachricht schicken lassen und nach seinem Befinden gefragt. Es gehe ihm gut, und sie möge alle herzlich grüßen, lautete seine Antwort.

Ludwig spürte kein Fortkommen beim Komponieren. Zu groß war sein Ärger über den abwesenden Vater, dessentwegen er das Haus der Breunings hatte verlassen müssen. Wenn er die wenigen Melodien, die er bisher zu Papier gebracht hatte, variierte, wurden sie nicht besser. Sein Gehirn schien wie ausgetrocknet; die Wut löschte jeden Einfall aus. Er entschied sich, vor dem Schlafengehen noch einen Spaziergang zu machen.

Am anderen Morgen wurde er von seinem Bruder Karl unsanft geweckt. »Ludwig, mach schnell. Man hat den Vater halbtot vor dem Schloss gefunden!« Ludwig sprang in die Kleider und folgte Karl auf die Straße. Man hatte den Vater zu Dr. Crevelt geschleppt, der gelegentlich im Hinterzimmer des »Zehrgarten« ordinierte.

Der alte Beethoven bot ein verstörendes Bild. Beide Augen waren verquollen, Striemen liefen über sein Gesicht, das Haar war von Blut verklebt. Der Arzt versuchte gerade sein Hemd zu lösen, das offenbar durch vertrocknetes Blut an der Brust klebte. Der Alte schrie so gequält auf, als der Arzt das Hemd mit einem Ruck löste, dass die beiden Söhne das Zimmer verlassen mussten.

»Was ist denn geschehen?«, fragte Ludwig den erschütterten Karl.

Babette kam aus der Bücherstube und zog die beiden in die Küche des Weinhauses. »Die Gendarmen haben gesagt, dass ihn heute Morgen eine Wache des Schlosses in der Nähe vom Weinzäpfer Häuser auf dem Pflaster liegend gefunden hat. Jemand hat ihn wohl dorthin geschleift.«

»Aber warum auf den Exerzierplatz?«, wunderte sich Karl.

Babette zuckte mit den Schultern. »Man hat ein Kreuz neben ihn auf das Pflaster gemalt. Und zwei Buchstaben, ein M und ein V.«

»Wie bei den Ermordeten!«, rief Ludwig aus.

Karl riss seine Augen weit auf. »Aber was hat unser Vater denn mit dem Pagen oder der Melkerin zu tun?«, fragte er konsterniert.

Babette sandte einen Blick zu Ludwig. »Im *Intelligenz-Blatt* habe ich gelesen, dass man die beiden Toten, den Pagen und die Magd, mit einem Kreuz und diesen Buchstaben markiert hat. Es gab einen Aufruf dazu. Derjenige, der etwas über die beiden Buchstaben weiß, soll sich umgehend bei der Gendarmerie oder bei der Zeitung melden. Und noch etwas, Ludwig! Die drei Männer aus Köln sind seit jenem Abend neulich, du weißt schon, welchen ich meine, nicht mehr hier gewesen. Was ist passiert? Matthias will nicht mit der Sprache heraus, und die Mutter ist zornig. Das waren Gäste, die reichlich verzehrt und gleich bezahlt haben.«

Ludwig senkte den Kopf, in der Hoffnung, die beiden würden nicht bemerken, wie ihm das Blut in die Wangen schoss. »Davon weiß ich nichts. Haben die Männer denn den Gasthof Schopp verlassen? Vielleicht sind sie abgereist?« Innerlich hoffte er inbrünstig, dass Matthias weiter dichthielt. Wegeler hatte dem jungen Mann vor dem Überfall Geld zugesteckt und ihm zu schweigen befohlen. Wenn die Witwe Koch erfuhr, dass er mit Stephan von Breuning und Franz Wegeler einen Gast überfallen, malträtiert und beraubt hatte, würde er nie wieder einen Fuß über die Schwelle des »Zehrgarten« setzen dürfen.

»Das ist es ja! Sind sie nicht!«

Ludwig sah zur Seite. Er spürte Babettes prüfenden Blick. Er hatte immer schon den Eindruck gehabt, dass die Wirtstochter hinter die Stirn von Menschen sehen und dabei Gedanken lesen konnte.

»Sie sind noch da!«, fuhr Babette fort. »Nur kommen sie nicht mehr zu uns essen. Matthias sagt, einer von denen hätte ihm erzählt, sie würden jetzt zu einem günstigeren Preis beim Schopp das Nachtmahl einnehmen.«

Matthias Koch betrat die Küche und hielt Ludwig eine Zeitung hin. »Da lies!« Das *Bönnische Intelligenz-Blatt* hatte im Auftrag des Kurfürsten eine Extraausgabe zu dem Vorfall herausgebracht.

»Am gestrigen Abend wurde der Herr Hoftenorist Johann van Beethoven in der Nähe des Exerzierplatzes vor dem Schloss überfallen und misshandelt. Man geht davon aus, dass der Dunkelmann auch mit den Morden vom Neujahrstag und vom Tag nach der Heiligen Barbara im Dezember des Vorjahres in Zusammenhang steht. Wer etwas über die Tat weiß oder in dieser Hinsicht bemerkt hat, der möge sich bei der Zeitung oder dem Kurfürstlichen Hofamt in der Residenz melden. Seine Hoheit, Kurfürst Max Franz, der Dienstherr des Hoftenoristen, hat für Hinweise, die zur Ergreifung des feigen Täters führen, eine Belohnung in Höhe von 20 Talern ausgesetzt.«

Bei ihrem nächsten Treffen waren die Mitglieder der Lesegesellschaft in heller Aufregung. Man könne sich ja nach Anbruch der Dunkelheit nicht mehr auf die Straße wagen, solange dieses Gesindel frei herumlaufe. Diesen Terror dürfe man nicht weiter dulden. Niemals, so sagte einer, hätte er gedacht, dass »in unserem lieben Bonn« eine solche Häufung von Gewalttaten möglich wäre. Neefe bat um Ruhe.

»Meine Herren, lassen Sie mich zusammenfassen: Offenbar handelt es sich um einen Geheimbund, der seit einiger Zeit hier bei uns sein Unwesen treibt. Sie sind – wie ihre Taten zeigen – anscheinend gegen Männerliebe, gegen Liebe vor der Ehe und gegen ein Übermaß an Alkohol. Und sie sind gegen die Ideen von Freiheit und Gleichheit und eigentlich gegen alles, was nicht Kirche ist. Seit dem Aufruf im *Intelligenz-Blatt*, der um Hinweise zum Fall unseres lieben Hoftenoristen Beethoven bittet, wurden eine Reihe von anonymen Flugschriften in der Stadt verbreitet. Die Verfasser bezeichnen sich darin als Soldaten der Tugend, lateinisch *milites virtutis*, die den Kampf gegen alles führen, was in ihrem Sinne ohne Tugend ist. Während unsere Auffassung von Tugend sich an Horaz anlehnt, der gesagt hat, Tugend sei, das Laster zu fliehen, so ist Tugend bei den Soldaten der Tugend allein dasjenige, was sie selbst als Tugend bestimmen. Für diejenigen, die es nicht wissen, erklärt sich damit auch das Rätsel von M und V. Sowohl die Leichen, die unser Mitglied Dr. Wegeler obduziert hat, als auch unser Freund Johann van Beethoven wurden mit einem Kreuz und den Buchstaben M und V gekennzeichnet. Der Hoftenorist blieb dabei, dem Himmel sei Dank, vom Messer verschont!«

Durch die Anwesenden ging ein erregtes Raunen.

Dann schloss Neefe resigniert: »Uns bleibt nur, vorsichtig zu sein und abends im Haus zu bleiben. Viele werden das nicht wissen, aber man hat versucht, die Mademoiselle Koch über die Lesegesellschaft auszuhorchen!«

Erschrockenes Schweigen in der Versammlung. Ein zarter Greis hob die Hand und fragte, ob es denn nicht besser sei, solange man das Mordgesindel nicht dingfest gemacht habe, die Sitzungen der Lesegesellschaft ausfallen zu lassen. Empörtes Murren der Jüngeren war die Antwort.

Ein junger Philosoph, der bei van der Schueren Kant studierte, sprang auf und rief: »Niemals! Das wäre das falsche Signal, dann haben sie gesiegt. Wir haben die Loge aufgeben müssen, weil sie unseren Regierungen ein Dorn im Auge war; den Strauchdieben weichen wir nicht.«

Verhaltener Beifall.

Neefe wandte sich verständnisvoll an den Alten. »Solange Sie sich nicht sicher fühlen oder Ihre körperliche Verfasstheit es nicht erlaubt, *mon ami*, müssen Sie nicht kommen. Unsere Versammlung soll aus freiem Geist erfolgen und nur der sagt Ihnen, was für Sie richtig ist. Und die anderen, die weiterhin kommen wollen, sollen das ebenso können.«

Ludwig bewunderte Neefes Fähigkeit, die rivalisierenden Kräfte in der Lesegesellschaft zu beschwichtigen und zu versöhnen.

Am anderen Tag verließ er gegen Mittag die Schlosskirche, weil er Wegeler aufsuchen und mit ihm über den Überfall auf seinen Vater sprechen wollte. Wegeler war eng mit dem Leiter der Gendarmerie befreundet. Oft waren diese beiden die ersten, die einen genauen

Blick auf die Opfer von Gewaltverbrechen warfen. Ihre Freundschaft hatte sich, wie Wegeler manchmal witzelte, angesichts des Todes immer mehr gefestigt.

Auf dem Weg zu Franz meinte er plötzlich Stephan von Breuning zu sehen. Stephan ging mit einem zierlichen, kleinen Mann über den Marktplatz und betrat mit ihm zusammen den Gasthof Schopp. Ludwig folgte den beiden in die Wirtsstube. Stephan hatte sich mit dem Fremden, einem der Männer aus Köln, an einem Tisch niedergelassen. Beide saßen mit dem Rücken zu Ludwig, so dass dieser sich unauffällig nähern konnte. Der Kölner bestellte gerade eine Flasche Wein und rief der Aufwärterin zu: »Nicht das saure Zeug wie beim letzten Mal, etwas Liebliches, wenn ich bitten darf!« Er hatte eine unangenehm hohe Stimme.

»Sie wünschen?« Die Aufwärterin war auf dem Weg zum Schankraum bei Ludwig stehengeblieben. Ludwig schüttelte stumm den Kopf, drehte sich um und lief hinaus auf den Marktplatz. Stephan traf sich mit einem der Verschwörer? Was hatte das zu bedeuten? Das Blut rauschte in Ludwigs Ohren. Er konnte minutenlang nicht richtig denken.

## 14

Ludwig beeilte sich, zu Wegeler zu kommen, von dem er wusste, dass er um diese Zeit noch in der Pathologie arbeitete. In der letzten Zeit häuften sich Fälle von frühem Kindstod, fast alle im Mauspfad-Gässchen. Der Kurfürst hatte angeordnet, die toten Säuglinge zu untersuchen. Ein Gehilfe ließ Ludwig ein und bat ihn, im Vorraum zu warten. Unbefugten sei das Betreten des Saals nicht gestattet. Ein paar Studiosi der Medizin öffneten die Tür zum Saal und rätselten lauthals, was es beim Schopp zu Mittag gebe.

Dann kam Wegeler heraus, um sich an einem Bottich die Hände zu reinigen. Er sah müde aus, horchte jedoch auf, als Ludwig ihm erzählte, er habe Stephan im Gespräch mit einem der Kölner Männer gesehen. Wegeler trocknete sich sorgfältig die Hände an einem Tuch, das der Gehilfe ihm reichte. Dann griff er nach seinem Rock. »Das will ich sehen!«

Draußen ging er so schnell, dass Ludwig ihm kaum folgen konnte. Vor dem Gasthof hielt er an und bezog einen Posten hinter einer wartenden Kutsche. Es war Mittagszeit, und an der Tür gingen die Gäste ein und aus. Auch Wegelers Studenten, die Ludwig noch eben in der Pathologie gesehen hatte, standen in einer Gruppe vor dem Eingang und unterhielten sich. Wegeler pfiff einen von ihnen heran. Er beschrieb dem jungen Mann Stephan von Breuning und bat ihn, nachzusehen, ob sich der Gast noch drinnen befände. In diesem Moment sah Ludwig, wie Stephan und der Mann aus Köln das Gasthaus verließen. Er nickte Wegeler zu. Sie ließen den verdutzten Studenten stehen, um Stephan und seinem Begleiter zu folgen. Die beiden bewegten sich, offenbar angeregt plaudernd, auf das Schloss zu, betraten den Exerzierplatz und gingen von da zu einem Stallgebäude. Wegeler wechselte auf dem Platz geschickt von Baum zu Baum, so dass sie genug Deckung hatten, falls die beiden umkehren sollten.

Stephan begrüßte lachend einen Rittmeister des Kurfürsten und tauschte ein paar Worte mit ihm aus. Der Mann nickte. Etwas später kam er mit einem prächtigen Schimmel heraus, den er zum Reitplatz führte. Offenbar interessierte sich der Kölner für das Pferd, denn er ging immer wieder um das Tier herum, schaute ihm ins Maul und fuhr mit der Hand über seine Kruppe. Dann band der Rittmeister dem Pferd eine Laufleine ans Zaumzeug und ließ es langsam im Kreis gehen, dann traben und galoppieren. Der Schimmel buckelte beim Galopp und keilte mehrfach aus. Der Kölner schien von diesen Eskapaden nicht angetan; sie sahen, wie er den Kopf schüttelte. Der Rittmeister holte das Tier wieder heran und brachte es in den Stall zurück.

Ludwig und Wegeler versteckten sich hinter einem Holunderbusch, bis die beiden an ihnen vorbei in Richtung Marktplatz gegangen waren. Vor dem Gasthaus Schopp verabschiedete sich Stephan von dem Mann und ging allein weiter. Wegeler war sichtlich erregt, dass Eleonores Bruder offenbar einen der mutmaßlichen Tugendsoldaten kannte. Auch Ludwig war verstört, denn mit Stephan verband ihn seit längerem eine enge Freundschaft.

Wegeler beschleunigte seinen Schritt, um Stephan zu folgen, als sie mit Erstaunen bemerkten, dass Stephan in Richtung Stadttor zu dem Haus ging, in dem sich die Pathologie befand. Vor dem Eingang holten sie ihn ein, und noch bevor sie fragen konnten, brach es aus dem jungen Mann heraus.

Aufgeregt erzählte er, dass sein Onkel, der Stiftsherr, einen der Männer aus Köln kannte und sie gestern Abend bekannt gemacht hatte. »Er ist im Gegensatz zu seinen beiden Kumpanen Corzelius und Manderfeld ein Standesgenosse, ein Baron von Zirpling. Ich habe mich sofort angeboten, ihn heute zum gemeinsamen Essen zu treffen und ihm ein Pferd des Kurfürsten zu zeigen, das Seine Hoheit veräußern will. Bei unserem Essen kam er schnell zur Sache. Stellt euch vor: Er wollte mich über Ferdinand Waldstein aushorchen! Er habe in Erfahrung gebracht, dass man die Kutsche des Grafen Waldstein bei einem verrufenen Haus unten am Rhein gesehen habe. Und dass der Waldstein doch bei uns zu Hause ein- und ausgehe. Und ob meine Mutter, die ehrbare Witwe des Hofrats von Breuning und Schwägerin seines alten Freundes, des Stiftsherrn von Breuning, denn einen solchen Menschen unter ihrem Dach dulden könne.« Stephans Gesicht rötete sich bei diesen Ausführungen.

Man hatte inzwischen die Pathologie erreicht und den kleinen Arbeitssaal betreten, in dem Wegeler obduzierte.

»Ich musste an diesem Punkt sehr an mich halten, tat aber so, als ob ich von ihm und seinen Ausführungen beeindruckt sei. Ich sagte nichts, und weil seine Provokation folgenlos blieb, rückte er vorschnell mit seinem eigentlichen Anliegen heraus. Stellt euch vor: Er will mich für die *milites virtutis* anwerben. Ich soll ihnen beitreten. Schließlich könnten sie als Kölner nicht immer in Bonn bleiben. Sie bräuchten verlässliche Informanten, und ich käme doch aus gutem Haus. Mein Onkel, der Stiftsherr, sei hierfür ein Gewährsmann, ebenfalls meine Tante aus Kerpen, die schon vor Jahren zusammen mit ihrem Mann dem Dom zu Köln eine kostbare Marienstatue gestiftet habe. Er, Zirpling, habe mit dem Kerpener Onkel zusammen gejagt und mit dem Bonner Onkel die Lateinschule besucht.«

Stephan zappelte aufgeregt herum, spielte mit einem der Seziermesser, die der Gehilfe gerade gereinigt hatte und die fein säuberlich aufgereiht auf einem Tisch lagen. Dabei ließ er es fallen und hob es wieder auf. Der Gehilfe sprang hinzu, um es noch einmal zu putzen.

Wegeler sah Stephan missbilligend an. »Und was hast du ihm geantwortet?«

»Zunächst habe ich in aller Ruhe weiter gegessen. Ich dachte, vielleicht gibt er noch etwas Wichtiges preis. Erst nach einer Weile, als von ihm nichts mehr kam, antwortete ich, ich würde darüber nachdenken. Zum Schluss hat er noch gesagt, dass meine Schwester dann einen aus ihren Reihen ehelichen könne. Meine Mutter stamme ja ursprünglich aus Köln und sähe es bestimmt gern.«

Ludwig bemerkte, wie Wegelers Gesicht sich verfärbte. Wahrscheinlich wurde er blass vor Wut. Jeder wusste, dass Franz in Eleonore verliebt war, sich aber geringe Chancen ausrechnete und es nicht wagte, um ihre Hand anzuhalten.

Der Arzt tauchte seine Hände in den Bottich neben der Tür. Der Gehilfe reichte ihm wieder ein Tuch, um sie zu trocknen.

Der Vorgang schien Wegelers Erregtheit zu dämpfen. In gewohnt sachlichem Ton fragte er: »Hat er denn gesagt, was du als nächstes tun sollst?«

»Ich soll in Köln ein Gespräch mit ihnen führen, wobei ich meinen bisherigen tugendhaften Lebenswandel nachweisen soll. Wenn ich die Prüfung bestehe, soll ich mich einem Gremium vorstellen und einer Reihe von Aufnahmeritualen unterziehen. Zirpling meinte, den meisten würde schon das erste Gespräch nicht gelingen. Sie würden zu den Ritualen gar nicht zugelassen.«

Wegelers Gesicht hellte sich auf. »Ausgezeichnet! Damit haben wir jetzt zwei Mittel gegen sie in der Hand: Einmal, sie durch Stephan auszuspionieren, zum anderen, sie zu provozieren und auf frischer Tat zu ertappen!« Dann nahmen seine Züge wieder den üblichen ernsten Ausdruck an. »Ich nehme an, dass die *milites virtutis* Zuträger in Bonn haben, die für sie arbeiten. Stephan, du bist bestimmt nicht der Einzige, den sie anheuern wollen.«

Stephan nickte. »Den Matthias Koch haben sie auch schon gefragt, aber dann sind sie wieder von ihm abgerückt. Sie haben erfahren, dass seine Mutter und der Crevelt in Unzucht leben.«

Wegeler sah die beiden jüngeren Freunde eindringlich an. »Wenn sie ihre Leute vor Ort haben, bedeutet das für uns, dass wir noch vorsichtiger sein müssen. Was hat Zirpling sonst noch gesagt? Was wollte er noch von dir wissen, Stephan?«

»Sie wollen alles über Neefe und Eulogius Schneider und, zu meiner Überraschung, über Graf Belderbusch wissen. Wahrscheinlich stehen alle drei auf ihrer Liste.«

Wegeler, der die ganze Zeit seine Hände penibel getrocknet hatte, war endlich so weit, dass er das Tuch dem Assistenten zurückgeben konnte. »Ausgezeichnet!«, rief er wieder aus. »Wir brauchen einen starken Verbündeten! Belderbusch ist vermögend und einflussreich. Könnte die Hofrätin uns behilflich sein, ihn zur Teilnahme an unserem Bund zu bewegen?«

Stephan schüttelte den Kopf. »Die Mama ist zu klug! Sie wird wissen wollen, was wir von Belderbusch wollen. Nein, ich möchte meine Mutter aus der Sache heraushalten. Zumal Zirpling schon so hinterhältig nach ihr gefragt hat! Vielleicht sollten wir zunächst Belderbusch der Lesegesellschaft zuführen, was meint ihr?«

Wegeler stimmte ihm zu. »Richtig, Steffen! Die Lesegesellschaft würde sich durch die Mitgliedschaft eines der reichsten Männer Kurkölns politisch etwas sicherer fühlen können, und unser Geheimbund würde vom Einfluss und der Macht Belderbuschs profitieren. Dann lass uns zusammen mit Waldstein den Belderbuscher Hof aufsuchen.«

Ludwig hatte der Unterhaltung mit wachsendem Unbehagen zugehört. Vor einiger Zeit hatte Stephan ihm ein Schreiben zugespielt, dass seinen Vater in einem trüben Licht zeigte. Stephan, dessen Vater als Hofrat auch das Kurfürstliche Archiv geleitet hatte, war dort im Rahmen seines Studiums der Jurisprudenz häufig zu Besuch, um abgeschlossene Rechtsfälle zu studieren. Dabei war er per Zufall auf einen Brief gestoßen, den ein Anonymos an den Kurfürsten gerichtet hatte und in dem der Name Jean van Beethoven, Ludwigs Vater also, genannt war. Er hatte sich heimlich eine Abschrift des Briefes gemacht und Ludwig gezeigt. Jemand – es war nicht klar, ob einer der Erben oder Johann van Beethoven selbst – informierte darin den Kurfürsten, dass Jean van Beethoven bei den Erben des verstorbenen Ministers Belderbusch 431 Reichstaler reklamiere. Johann van Beethoven habe seiner Bitte, auf den Posten seines Vaters als Kapellmeister folgen zu dürfen, durch eine »stehende Uhr« und andere Geschenke Nachdruck verliehen, worauf der Minister ihm auch »eine Versorgung für seinen Sohn Ludwig« versprochen habe. Da die Hilfe ausgeblieben sei, fordere Beethoven nun von den Erben die genannte Summe von 431 Reichstaler für die Uhr, zwei Gemälde, eine flämische Bibel, Gläser, Porzellan und Spitze zurück.

Das anonyme Schreiben setzte wohl voraus, dass der Kurfürst dem Vorgang nachgehen würde. Dies schien jedoch nicht der Fall gewesen zu sein. Das Schreiben war nur mit den Vermerken »Gelesen« und »Zu den Akten« gezeichnet. Und obwohl der Neffe des damaligen Ministers Belderbusch vielleicht gar keine Kenntnis von dem Vorgang hatte, stellte der Brief und das, was er beschrieb, eine durchaus peinliche Verbindung zwischen den Beethovens und den Belderbuschs her. Deswegen fühlte Ludwig sich einem Besuch beim Grafen nicht gewachsen.

Stephan, der sein Motiv erahnte, konnte ihn umstimmen. »Du und der jetzige Graf, ihr seid eine neue Generation, und ihr habt mit den Machenschaften zwischen deinem Vater und dem Minister nichts zu schaffen. Komm mit, du wirst sehen, es wird dir helfen, dein Haupt hoch zu tragen.«

Zwei Tage später fuhr Waldsteins Kutsche unter einem großen Torbogen in den Belderbuscher Hof ein und rumpelte laut über das Pflaster. Waldstein sprang behände aus dem noch rollenden Gefährt und ging zu einer Treppe, auf der Belderbusch stand, um sie zu begrüßen. Stephan und Ludwig stiegen etwas bedächtiger aus und folgten Waldstein.

Anton Graf Belderbusch, ein Freund des Kurfürsten, wohnte vor den Toren der Stadt in einem großen Palais am Rhein. Er verband in der häuslichen Umgebung einen ländlichen Lebensstil mit städtischem Luxus. Obwohl kein gutaussehender Mann, wurde sein Auftritt durch seine distinguierte Kleidung wettgemacht. Er trug einen Frack aus bestem Tuch und eine seidene Halsbinde. Seine hervortretenden Augen richteten sich ernsthaft und glänzend auf seine Gäste, die nicht hätten sagen können, ob der Hausherr sich über ihren Besuch freute oder ob er ihm gleichgültig war. Belderbusch führte sie durch zwei Salons in eine Bibliothek mit Fenstern zum Rhein. Ludwig fiel als erstes ein Klavier auf, das neu und unbenutzt zu sein schien. Er schaute umher, konnte aber nirgendwo Noten entdecken.

Sein Gastgeber hatte seinen Blick bemerkt. »Meine Frau befindet sich seit Monaten nicht wohl, und ich spiele leider nicht. Auch die Kinder sind ohne jedes musikalische Interesse. Sie sind den ganzen Tag draußen in den Feldern oder unten am Rhein. Ihnen fehlt eine feste Hand; ich bin zu viel in Geschäften unterwegs.«

Dann bat er die drei Freunde, Platz zu nehmen. Ludwig sah, dass man vom Fenster den Fluss herauf bis zu der großen Kehre, die der Rhein weiter südlich machte, sehen konnte. Das Eis war dem Hochwasser gewichen, und der Fluss hatte erheblich an Breite gewonnen. In der Mitte machten sich Lastkähne mit gebauschten Segeln Konkurrenz; im seichteren Ufergewässer trieben Flöße aus der Schweiz und viele kleine Fischerkähne. Bei Kaffee und Blechkuchen plauderten Waldstein und Belderbusch über das Wetter, die kommenden Ernteaussichten und den Ankauf von Pferden. Nach einer Weile erklärte Waldstein dem Standesgenossen den Anlass ihres Besuches. Er erwähnte die Morde, ihren Verdacht und dann, gegen Ende seiner Ausführungen, denen Belderbusch aufmerksam zugehört hatte, dass man sie beide, Waldstein und Belderbusch, offenbar auch im Visier habe.

»Mir ist nicht klar, was man von uns will, und ich denke, unser Stand schützt uns vor direkten Angriffen, aber mir ist nicht wohl bei der Idee, dass diese Lumpen Listen führen«, erklärte Waldstein.

Jetzt meldete sich auch Stephan zu Wort. »Mein Vater, der Hofrat von Breuning, sammelte in seinem Archiv unter anderem auch Auskünfte über die Umtriebe des Kölner Domkapitels. Ich habe neulich das Archiv aufgesucht. Es gibt Hinweise, dass sie seit jeher Listen führen mit Personen, die ihnen nützlich sein können, und solchen, die sie als Schädlinge betrachten. Leider ist bei dem Schlossbrand vor dreizehn Jahren ein Gutteil der Akten verbrannt.«

Belderbusch nickte bedächtig. »Der Dompropst hat mich vor einiger Zeit aufgefordert, ich solle mich mit einer Gruppierung des Domkapitels bekannt machen, wenn ich in Geschäften in Köln sei. Ich denke, sie wollen eine Allianz mit mir, weil ich vermögend bin. Oder es ist bis zu ihnen gelangt, dass ich den Kurfürsten neulich bei einem Diner aufgefordert habe, sich besser gegenüber dem Domkapitel abzugrenzen und dessen rückwärtsgewandte Aktivitäten zu unterbinden. Wenn einer der anwesenden Diener meine Bemerkung nach außen gegeben hat, und ich nehme an, sie haben ihre Spitzel auch im Palais des Kurfürsten, dann bin ich für sie ein Feind. Dennoch komme ich der Einladung nach. Ich möchte wissen, was dahintersteckt. Ich habe übrigens im gleichen Atemzug bei diesem Tischgespräch verlauten lassen, das ich auch eine Distanzierung gegenüber der allzu freigeistigen Strömung hier in Bonn befürworten würde. Denn wenn sich der Fürst hier streng zeigt, kann er auch dem Domkapitel gegenüber die Zügel anziehen.«

Wegeler, Stephan und Ludwig sahen sich betreten an. Hoffentlich würde es nicht die Lesegesellschaft treffen. Bisher hatte der Kurfürst sich der Gesellschaft gegenüber sehr tolerant gezeigt, auch weil einige Mitglieder von Adel waren. Ludwig sah zu Waldstein hinüber. Beide hatten wohl den gleichen Gedanken. Waldstein äußerte ihn auch.

»Anton, wenn Sie sich doch einmal selbst überzeugen wollten, wie wichtig unsere Debatten in der Lesegesellschaft für das geistige Leben in dieser Stadt sind! Sie würden sehen, dass es sich nicht um einen Club von Aufrührern handelt, sondern um gute Bürger, die der Welt des Geistes und des Schönen zugewandt sind!«

Ludwig und Stephan nickten heftig. Stephan stand auf und verbeugte sich. »Graf, es wäre uns wirklich eine große Ehre. Sie dürfen auch den Gegenstand der Debatte bestimmen!« Verschmitzt fügte er hinzu: »Sofern es nicht etwas gegen unseren Fürsten Gerichtetes ist!«

Belderbusch blieb ernst. Seine Augäpfel schienen noch stärker hervorzutreten. »Ich werde mich zunächst mit den Statuten bekannt machen und mit Neefe sprechen. Mein Schiff geht morgen den Rhein hinab. Ich werde einige Tage in der Domstadt sein. Wenn ich dort etwas Bedeutendes erfahre, lasse ich es Sie wissen.«

Bevor sie wieder in die Kutsche einstiegen, hörte Ludwig, wie Waldstein dem Grafen Belderbusch die Babette Koch empfahl. »Was Ihre Kinder angeht, Anton: Ich kenne da ein sehr tüchtiges Fräulein, die Mademoiselle Koch aus dem »Zehrgarten«. Sie ist sehr gebildet, und sie hätte, denke ich, genug Talent, Ihre Kinder zu beschäftigen, so dass sie sich mehr im Haus aufhalten und ihren Geist bilden, anstatt das Leben von Wilden zu führen.«

Belderbusch dankte ihm. »Sobald ich aus Köln zurück bin, werde ich auch Mademoiselle Koch einen Besuch abstatten.«

Ludwig empfand bei diesem Gespräch Neid. Babette bekam immer, was sie wollte, und wusste genau, wie sie Leute für ihre Interessen einspannte. Die vielen Scherenschnitte schienen ihre Wirkung bei Waldstein getan zu haben. Ludwig war das zuwider. Seine Lehrer Neefe und Ries hatten ihn gefördert, auch ohne, dass er sie hätte darum bitten müssen. Zu seinem Erstaunen wandte sich Belderbusch jetzt an ihn.

»Und vielleicht kann der junge Beethoven meine Kinder am Klavier unterrichten? Die Hofrätin hat sich neulich mir gegenüber sehr lobend über ihn geäußert!«

Ludwig verbeugte sich. Auch für ihn war also etwas abgefallen. Seine Beziehungen zum hiesigen Adel machten, dass er schon jetzt mehr einnahm als sein Vater.

In der Kutsche platzte Stephan heraus, er könne doch mit dem Grafen gemeinsam nach Köln fahren.

Wegeler schüttelte den Kopf. »In Köln darf man zwischen Belderbusch und dir keine Verbindung herstellen. Das schmälert unsere Chance, so viel wie möglich über das Domkapitel und seine Abzweige zu erfahren. Es ist besser, du nimmst den Postwagen!«

## 15

Die tägliche Postwagenabfahrt nach Köln erfolgte zweimal, morgens um sechs und nachmittags um zwei Uhr. Der Wagen ging gegenüber von St. Remigius ab. Stephan hatte von Baron von Zirpling eine bestimmte Zeit genannt bekommen, zu der er sich mit dem Mittelsmann in Köln treffen sollte. Er würde erst morgen wieder zurück sein. Ludwig hatte Probe in der Schlosskapelle und sich vorher mit Stephan vor sechs beim Postwagen verabredet. Er wollte ihm Glück für seine Mission wünschen. Der junge Breuning hatte den Wunsch geäußert, Ludwig möge ihn nach Köln begleiten, aber Wegeler hatte auch das abgelehnt – Ludwig stehe Neefe zu nahe. Man würde Stephan nicht trauen, wenn er mit Ludwig zusammen auftauche. Ludwig umarmte den Freund und winkte ihm nach, als sich der Postwagen rumpelnd in Bewegung setzte.

Es war nicht in seiner Funktion als Hoforganist, dass Ludwig heute wie besessen übte. Seit er beim Komponieren keine Einfälle mehr hatte, rettete er sich an die Orgel, um stundenlang Partiten, Fugen und Choräle von Bach zu spielen. Neefe hatte ihm immer wieder versichert, dass er alles Notwendige über Komposition erfahre, wenn er Bach übe. Sein Spiel lenkte ihn von der Schmach ab, dass er mit dem Ritterballett für Waldstein nicht weitergekommen war. Dabei stand der Karnevalsball beim Kurfürsten unmittelbar vor der Tür.

Auch im »Zehrgarten« bereitete man sich für das Karnevalsfest vor. Matthias Koch stellte gerade die Stühle auf eine Seite des Schankraums, um die Dielen zu fegen, als der massige Mann aus Köln neben ihm auftauchte.

»Ich komme, um die Liste abzuholen, die deine Schwester für mich geschrieben hat.«

Er blieb nah vor Matthias stehen und baute sich bedrohlich vor dem jungen Mann auf.

»Meine Schwester ist im Moment nicht im Buchladen, mein Herr, da müssten Sie später wiederkommen!«

»Dann hol sie gefälligst!«, fuhr Corzelius ihn an.

Matthias verbeugte sich. »Tut mir leid, aber ich weiß wirklich nicht, wo sie ist, mein Herr. Sie wollte mit der Mutter Besorgungen auf dem Markt machen und dann eine Freundin besuchen.«

Der Kölner ließ sich auf einen der Stühle fallen. »Was ist mit der Blonden, die du mir nochmal zuführen solltest? Sie hat sich nicht mehr blicken lassen.«

Matthias fegte langsam und gründlich, von einer Ecke zur anderen. Er ließ sich nicht aus der Ruhe bringen. »Sie hat wohl andere Kundschaft, mein Herr.«

Corzelius sprang auf die Füße, kam auf Matthias zu und packte ihn beim Kragen. »Andere Kundschaft? Wer, Bürschchen? Von wem sprichst du?«

Matthias versuchte sich aus dem Griff des Riesen zu befreien. Er konnte kaum glauben, dass Ludwig diesen Mann mit einem Faustschlag niedergestreckt hatte. »Ich weiß es doch nicht, jedenfalls hat sie das gesagt. Ich habe ihr Ihren Wunsch ausgerichtet, aber sie sagte, sie habe jetzt einen Freier, der besser zahlt.«

Der Mann zog Matthias nah an sich heran, er stank furchtbar aus dem Mund. »Du kriegst das heraus für mich!« Dann ließ er den Jungen los und zog eine Münze aus der Tasche. »Die ist für dich, wenn du mir sagst, wer es ist, und zwei davon, wenn die Dirne mich noch einmal besucht!«

Matthias griff gierig nach der Münze, aber der Mann steckte sie wieder ein. »Erst lieferst du, dann gibt es den Lohn!«, knurrte er.

Matthias hob den Besen wieder auf und kehrte weiter. »Und bessere Manieren habe dieser Freier auch!«

»Du kriegst das für mich heraus, sonst wird es dir übel ergehen, Bürschchen!«

Matthias kehrte weiter. Dann drehte er sich um und sagte: »Aber nur, wenn die Herren wieder bei uns zu Abend essen, nur dann werde ich sie fragen!«

Corzelius reckte sein Kinn nach vorne, drohte ihm wütend mit der Faust und stapfte hinaus.

Die Wirtin kam aus der Küche und fragte ihren Sohn, was der Mann gewollt habe.

Matthias fegte ruhig weiter. »Das Essen beim Schopp soll nicht so gut sein, Mutter. Er wollte wissen, ob sie wieder bei uns tafeln können.«

Der Karnevalsball in der Residenz war für Ludwig kein angenehmer Abend. Er hatte in seiner höfischen Uniform zusammen mit Franz Ries und anderen Musikern den ganzen Abend auf dem Podium der Kapelle zu verharren und zu spielen. Das Ritterballett, das Waldstein so gerne aufgeführt hätte, war nicht fertig geworden. Der Kurfürst hatte die Kapelle gebeten, ein paar lustige Tänze zu spielen, notfalls zu erfinden. Vom Klavier aus konnte Ludwig sehen, wie gegen acht Uhr die Hofrätin, der Stiftsherr von Breuning und Stephan den Saal betraten. Ihnen folgten Eleonore und Babette Koch, die mit großen Augen den von Hunderten von Kerzen erleuchteten Festsaal bestaunten. In der Mitte wogte eine Menge von maskierten und verkleideten Höflingen mit ihren Damen, dazwischen nicht verkleidete Lakaien mit großen Servierbrettern. Der Kurfürst, der als venezianischer Pestarzt verkleidet ging, war nicht zu übersehen, da sich seine Kammerherren nie weit von ihm entfernten.

Ludwig wusste, wie sehr sich Babette nach einer Einladung an den Hof gesehnt hatte. Eleonore und sie hielten sich venezianische Masken vor, die der Operndirektor Luchesi vom letzten Besuch in seiner Heimatstadt mitgebracht und Babette als Gegenleistung für einen Scherenschnitt geschenkt hatte. Dazu trugen die jungen Damen Kleider aus glänzendem Taft und ein tieferes Dekolleté als gewöhnlich. Beide wurden jetzt am Arm von Stephan herumgeführt.

Graf Waldstein erschien zu später Stunde mit einer fülligen blonden Frau, die niemand kannte. Ludwig sah vom Podium der

Hofkapelle aus, wie er die Dame seiner Kurfürstlichen Hoheit vorstellte. Der Fürst sagte wohl etwas Lustiges, denn die Dame brach in ein heiseres Lachen aus. Ein Raunen ging durch die Umstehenden. Noch nie hatte eine Dame hier auf diese Weise gelacht, laut und heiser. Sie lüftete nicht einmal ihre Maske. Stephan von Breuning sah irritiert zu der Blonden hinüber. »Wer kann das sein?«, fragte er seine Schwester. Eleonore schüttelte den Kopf. »Sie ist mir nicht bekannt.« Die Hofrätin sah ebenfalls befremdet zu ihrem Hausfreund hinüber. Die Frau verneigte sich noch einmal vor Seiner Hoheit und verließ das Fest ohne Begleitung.

Als sich Waldstein zu ihnen gesellte, fragte die Hofrätin den Grafen leicht indigniert und mit einem dreifachen nervösen Zucken: »Lieber Ferdinand, wollten Sie uns die Dame nicht vorstellen?«

Waldstein lächelte. Er schien sich von dem Fieber, das ihn kürzlich befallen hatte, gut erholt zu haben, denn er machte einen verjüngten Eindruck. Seine Augen strahlten, sein Gesicht hatte einen rosigen Ton angenommen, selbst sein schütter werdendes Haar machte einen kräftigeren Eindruck. Die Dame habe noch eine andere Einladung, der sie nachkommen wolle, erklärte er. Im Übrigen sei sie inkognito hier; sie stamme gar nicht aus Bonn und habe einen sehr eifersüchtigen Gatten.

»Und ist sie von Stand?«, wollte Eleonore wissen.

»Darüber darf ich keine Auskunft geben, liebe Eleonore. Der Gatte könnte sonst Verdacht schöpfen!«

Die Hofrätin hob ihr Lorgnon und schaute Waldstein damit an, als ob sie ihn inspiziere. »Wie ich eben gesehen habe, sind ihre Schuhe nicht die besten. Die Absätze müssten gerichtet werden, aber vielleicht muss sie ja viel laufen!«

Waldstein tat so, als habe er ihre Bemerkung nicht gehört. Er hatte sich abgewandt und schaute zum Podium der Musiker hinüber. »Ludwig hat heute ganz fabelhaft gespielt, findest du nicht, Helene? Dabei ist die Bratsche gar nicht sein erstes Instrument!« Er prostete Ludwig zu, der mit Ries und zwei Geigern vom Podium stieg, weil die Kapelle eine Pause machte.

»Und wie laufen die Geschäfte auf Ihrem Gut?«, fragte Stephan.

Waldstein wartete, bis Ludwig sich zu ihnen gesellt hatte. Er senkte seine Stimme, damit die Frauen ihn nicht hören konnten. »Da kann ich euch Neuigkeiten verkünden. Ich habe seit einer Woche seltsame nächtliche Gäste. Meine Diener haben dunkle Gestalten vor dem Hoftor lungern gesehen. Danach haben die Hunde fast jede Nacht angeschlagen, und gestern Morgen hat man vor meinem Hof eine Fuhre Jauche abgeladen, dazu Flugschriften mit dem Inhalt ›Folge dem Pfad der Tugend oder du wirst es bereuen!‹ hinterlassen. Dieser Pöbel wird immer niederträchtiger.«

Ludwig und Stephan sahen sich an. Beide hatten wohl den gleichen Gedanken, und Stephan formulierte ihn: »Und waren die Blätter mit einem Kreuz und M und V versehen?«

Waldstein nickte. »Dieselbe Bande, nehme ich an!«

Die Hofrätin und Eleonore traten näher. »Ferdinand, würdest du Eleonore zum Tanz führen? Sie möchte so gerne tanzen, und ihr Bruder hat zwei linke Füße!«

Waldstein reichte Eleonore den Arm. »Mit dem größten Vergnügen, mein Fräulein!«

Die Hofrätin kam zu Stephan und Ludwig. »Ich glaube, unser lieber Waldstein wandelt auf Freiersfüßen. Wahrscheinlich nicht standesgemäß; er wollte mir die Auserkorene nicht einmal vorstellen.«

Ludwig sah, wie der Graf Eleonores Hand hochhielt und sie in die Mitte zu den anderen Paaren führte. Ihm als Bürgerlichen wäre ein Tanz mit Eleonore nicht gestattet gewesen. Verdrießlich sah er in die Mitte des Saales. Er vermutete, dass sich Waldstein mit einem der liederlichen Weiber aus dem »Anker« traf. Es war nicht recht, dass er dann Lore zum Tanz führte. Eleonore drehte sich zu ihm um, und warf ihm einen bedauernden Blick zu, als sie an Waldsteins Arm an ihm vorüberschritt.

Die Hofkapelle spielte eine Gavotte; der Hofadel amüsierte sich. Eleonore sah immer wieder zu Ludwig hinüber. Feinfühlig, wie sie war, konnte sie gut nachempfinden, dass er seine untergeordnete Rolle während einer solchen Veranstaltung schmerzhaft spüren musste.

Ich liebe Ludwig, dachte sie, aber es geht nicht. Die Mama und der Onkel wären dagegen, und wovon sollten wir leben? Sobald ich ihm zeige, dass ich ihn mag, wird er zudringlich. Neulich hat er meinen Nacken geküsst, ich habe die ganze Nacht nicht schlafen können, immer wieder die Stelle berührt, auf die er mich geküsst hat, aber es geht nicht. Die Mama sagt, ein Bürgerlicher sei nicht schlimm; sie stammt selbst aus bürgerlichem Haus. Ihr Vater war Leibarzt des früheren Kurfürsten. Aber ein Einkommen müsste er schon haben. Ich habe Ludwig eine Weste aus Hasenhaar genäht, als Ausdruck unserer Freundschaft. Er wird wütend sein, weil ich mich ihm immer entziehe. Mama will, dass Lorenz bei unseren Lektionen anwesend ist. Ich will das auch, dann hält Ludwig sich zurück, aber manchmal will ich es auch nicht. Dann wäre ich gerne mit ihm allein. So wie neulich. Wenn wir zusammen musizieren, ist das der Himmel auf Erden. Um ihre aufsteigenden Tränen zu bekämpfen, richtete sie das Wort an Waldstein.

Ludwig war erleichtert, als der Ball sich dem Ende näherte. Er war todmüde, und die Gegenwart Waldsteins, die ihn an sein Versagen beim Komponieren erinnerte, hatte ihn noch müder gemacht. Der Graf war nach einer Zeit der Abwesenheit wieder zum Fest zurückgekommen und hatte Helene von Breuning mehrfach zum Tanz geführt. Gegen halb zwölf, kurz vor dem großen Feuerwerk im Hofgarten, trat der Kurfürst im Kostüm des Pestarztes an Ludwig und Ries heran. Er trug einen dunklen Dreispitz, einen schwarzen Umhang und eine Maske mit einer riesigen gebogenen Nase, mit der er wie eine große Krähe aussah.

»Die Maske«, er sprach es wie Moske aus, »hält die Damen davon ab, mir bittende Blicke zuzuwerfen. I hob keine große Freud am Tonz, wissen's«, scherzte er. Dann fragte er Ries, ob er zusammen mit Ludwig am kommenden Sonntag für ihn spielen werde. Er gebe ein kleines Diner und wolle anschließend im Salon musizieren. Er selbst werde etwas auf der Bratsche zum Besten geben.

Ries dankte Seiner Hoheit untertänigst für so viel Wohlwollen, und Ludwig schloss sich ihm an.

Bei dem musikalischen Privatissimum des Kurfürsten waren nur wenige Gäste anwesend, unter anderem Belderbusch und Waldstein, die nach dem Essen im Musiksalon ihre Plätze einnahmen. Zunächst spielte der Kurfürst ein paar Solostücke auf der Bratsche. Dann trug Waldstein auf dem Cembalo Werke des französischen Komponisten Rameau vor. Der Kurfürst spielte gut, was Ries flüsternd mit »Recht manierlich!«, kommentierte, während Waldstein sich ab und an verspielte. Er schien nicht ganz bei der Sache zu sein. Dann folgten Franz Ries an der Geige und Ludwig am Klavier mit einer Komposition von Neefe, Ries solo mit Partiten von Bach und Ludwig, zur Freude des Kurfürsten, mit zwei Klaviersonaten von Mozart.

Nach dem musikalischen Teil saß man bei Dessertwein in kleiner Runde am Kamin. Ries und Ludwig hatten sich entfernen wollen, aber der Kurfürst hatte sie zurückgewunken und ließ ihnen Brot und kaltes Huhn servieren. Die beiden Musikanten nahmen scheu auf einer Chaiselongue im Hintergrund Platz. Der Kurfürst ließ sich wie üblich eine Karaffe mit Wasser bringen und leerte sein Glas in einem Zug, bevor er sich an seine Gäste wandte. Ludwig lauschte begierig auf das Gespräch am Kamin, weil es sich auf die beiden Morde bezog.

»Wie Sie wissen«, hob Max Franz an, »sind in unserer Stadt zwei monströse Verbrechen geschehen, die wir mit aller Härte verfolgen und bestrafen müssen. Ich erhalte immer wieder Beschwerden aus Köln und will aus diesem Grund kein großes Aufheben um Felix, meinen Pagen, machen. Felix war ein guter Junge, wenn auch etwas einfältig. Dass er sich unvorsichtigerweise des Nachts am Rhein herumgetrieben hat, wird man mit Sicherheit mir, seinem obersten Dienstherrn, anlasten. Auch dass er offenbar kein Interesse am anderen Geschlecht gezeigt hat, wird man mir anlasten. So wie man sich jetzt schon zweimal bei mir beschwert hat, dass mein Hoforganist nicht nur Calvinist, sondern auch der führende Kopf der Bonner Lesegesellschaft ist, die beim Domkapitel als Ausgeburt der Hölle angesehen wird. Dennoch kann ich diese Mordbuben nicht davonkommen lassen, und um weiteres Übel zu verhindern, wäre ich recht froh, wenn uns, über unsere tapfere Gendarmerie und die Stadtmiliz hinaus, weitere Freiwillige zur Verfügung ständen, die diesem Treiben etwas entgegensetzen können.«

Ludwig senkte den Kopf und hoffte, niemand im Salon würde zu ihm hinschauen, weil er spürte, dass er wieder einmal rot wurde. Offenbar hatte Waldstein dem Fürsten schon von ihren Aktivitäten berichtet. Er fühlte sich unbehaglich und befürchtete, dass ihn sein Unvermögen, sich an Stephans Geheimbund zu beteiligen, in den Augen des Kurfürsten herabsetzen könnte.

»Anton, wie sehen Sie das? Wurden Sie nicht jüngst beim Dompropst vorstellig?«

Belderbuschs Augen traten noch mehr hervor als sonst. Seinem Landesherrn Rede und Antwort zu stehen, schien ihn anzustrengen. Er räusperte sich mehrfach, bevor er mit einer Antwort ansetzte.

»Das ist richtig, Hoheit. Aber über allgemeine Reden ging es bei diesem Besuch nicht hinaus. Der Dompropst hat sein Missfallen über die Vorlesungen des Eulogius Schneider geäußert, die ihm kirchenfeindlich zu sein scheinen. Da ich bisher noch keine Vorlesung von diesem Franziskaner gehört habe, konnte ich nichts dazu sagen.«

Der Kurfürst schüttelte betrübt den Kopf und nahm einen großen Schluck Wasser.

»Denen ist aber auch nichts recht zu machen. Als ich dem Eulogius gesagt hab, er darf als Franziskaner nicht auf einen Lehrstuhl der Universität, jedenfalls nicht für Philosophie, haben sie mir geschrieben, das sei ein Akt, der das Ansehen der Religion beschädige. Der Schneider ist dem gefolgt, ehrgeizig ist er ja, und ist ausgetreten aus seinem Orden und mit päpstlicher Erlaubnis Weltpriester geworden. Und woss is jetzt? Jetzt ist eahna der Eulogius zu freigeistig. Wos hott a noch gwollt von Eahna?«

Der Kurfürst liebte es manchmal, mitten in einer Rede in seinen Wiener Dialekt zu fallen, was meist ein Zeichen von Ermüdung war, wie sein Landsmann Waldstein wusste.

Belderbusch beugte sich vor. Seine Augen traten jetzt so weit vor, dass man hätte meinen können, sie fielen ihm aus. »Wie meinen Hoheit?«

»Ich wollte wissen, was der Dompropst noch gefragt hat!«

Bevor er antwortete, legte Belderbusch seine Rechte auf sein Herz und verbeugte sich leicht. »Er hat es sehr begrüßt, dass ich selbst Mitglied der Bonner Lesegesellschaft werden möchte. Waldstein hat es mir nahegelegt, und ich werde dem folgen. Der Dompropst meinte, ich sei geeignet, den unheilvollen Einfluss des Hoforganisten Neefe zurückzudrängen. Er erinnere sich gerne an meinen Onkel, den Minister Belderbusch, mit dem zusammen er einst Sie, Hoheit, zum Erzbischof und Kurfürsten gemacht habe und —«

»I woaß!« Der Kurfürst fiel ihm ins Wort und gähnte. »Dös schmiert er mir immer wieder aufs Brot. Oaber i hob jo goar net gwollt, wär do net meine Mutter gwesen und die hat das dem Domkapitel reichlich vergolten! Sie hat denen und dem Belderbusch viel zohlen müssen.«

Alle lachten etwas gezwungen, weil der Kurfürst sich in diesem Punkt gerne wiederholte. Es sei Maria Theresia, seine Mutter, gewesen, die ihn aus Ehrgeiz nach Kurköln geschickt habe. Eigentlich wäre er aber lieber wie seine Schwester, die Marie Antoinette, nach Frankreich gegangen. Andererseits: Die Weitsicht seiner Mutter habe ihm im Gegensatz zu seiner Schwester erspart, dass sich das Volk gegen ihn erhoben habe. Die Unruhen in Paris hätten die königliche Familie erschüttert; er mache sich große Sorgen um deren Zukunft. Hier war der Kurfürst sehr ernst geworden. Er setzte sich gerade hin und schaute eindringlich in die Runde.

»Wir hier in Kurköln haben andere Sorgen«, sagte er. »Ich frage Sie, was können wir, bittschön, tun, gegen diese Scheußlichkeiten? Im letzten Jahr, als man das Komödienhaus in Brand setzen wollte, da habe ich befohlen, dass zwölf vertrauenswürdige Bürger des Nachts Patrouillengänge um den Hof und in der Stadt machen. Jetzt liegt der Fall jedoch anders. Zwei Menschen sind gestorben. Mir ist zu Ohren gekommen, dass die Mörderbande sich mit dem Zeichen der *milites virtutis* schmückt. Seit wann ist Morden tugendhaft, frag ich Sie! Diesen bigotten Teufeln ist entgegenzuhalten, was der Heilige Augustinus für Tugend hielt: ›Wenn uns die Tugend zum seligen Leben führt, möchte ich behaupten, dass außer der höchsten Gottesliebe überhaupt nichts Tugend ist.‹«

Seine Gäste murmelten Beifall. Franz Ries sprang auf die Füße, nahm seine Geige und spielte spontan ein »Lobet den Herrn«, womit er ja nicht nur Gott, sondern auch seinen Dienstherrn ehrte. Man erörterte die Möglichkeiten eines Gegenbundes, aber der Kurfürst hielt davon nichts. Er war nach einer Weile in sich zusammengesunken, trank sein Wasser in großen, glucksenden Schlucken und schien in eine trübe Nachdenklichkeit zu fallen. Für Gäste, die ihn gut kannten, war das ein Zeichen, dass sich der Abend dem Ende näherte. Waldstein stand auf, trat vor den Sessel des Fürsten und verabschiedete sich. Max Franz nickte in einer Art Trance und stierte in die Flammen, die ein Diener mit Holzscheiten und einem Schürhaken zu kräftigem Lodern belebt hatte. Die anderen Gäste folgten. Ludwig und Ries verließen zusammen mit Waldstein das Palais.

## 16

Zu konkreten Vorschlägen sei es in der Runde nicht gekommen, berichtete Ludwig am anderen Tag seinem Freund Wegeler. Der Kurfürst habe sogar abgewunken, als Waldstein von ihrem Bund erzählen wollte. Er habe darauf verwiesen, dass das Kaminzimmer ein ungeeigneter Ort für eine diesbezügliche Planung sei, denn in der ganzen Bel Etage seines Palais und auch anderweitig hätten die Wände Ohren. Belderbusch habe dem zugestimmt. Man müsse eine andere Zeit und einen sicheren Ort wählen, um derartige Dinge zu besprechen. Am besten ließe sich das bei einer ausgedehnten Kutschfahrt bewerkstelligen. Das kenne er von seinen geschäftlichen Verhandlungen. Waldstein, Belderbusch, zwei Kammerherren des Kurfürsten und Seine Hoheit selbst hätten deshalb einen gemeinsamen Jagdausflug ins Auge gefasst.

Stephan von Breuning war aus Köln zurückgekehrt und erzählte den Freunden, wie es ihm in der Domstadt ergangen war. In Köln habe man ihn an der ersten Postwagenstation abgeholt und in eine Straße in der Nähe des Rheins gebracht. Dort hätte man ihn, er sehe es noch vor sich, in ein Haus geführt, in dessen erster Etage alle Fenster mit Brettern vernagelt gewesen seien.

»Das Zimmer, in das man mich brachte, war leer, bis auf einen Schrank und zwei Stühle. Dann hat man mir die Augen verbunden! Und dann immerfort im Kreis herumgeführt, so dass ich die Richtung verloren habe. Sie führten mich aus dem Zimmer hinaus, aber es konnte nicht die gleiche Tür gewesen sein, durch die ich gekommen war, denn ich musste zwei Stufen nach unten steigen.«

Auf Wegelers Nachfrage, ob denn nur eine Tür im Raum gewesen sei, antwortete er:

»Das ist es ja, ich bin mir sicher, da war nur eine einzige Tür. Allerdings stand da noch ein Schrank. Vielleicht verbarg sich hinter ihm eine Tür, ich kann es nicht sagen!«

»Und weiter?« Ludwig zitterte vor Anspannung.

»Dann sind wir einen langen Gang gegangen, ich an der Hand des Mannes, der mich an der Postkutsche erwartet hat. Es ging um mehrere Ecken, der Gang schien tiefer hinabzuführen, denn es wurde allmählich kühler. Und am Ende des Gangs stiegen wir noch eine Treppe hinab, etwa fünfzig Stufen. Dann ging wieder eine Tür auf, und mir wurde die Binde von den Augen genommen. Wir befanden uns in einem kleinen Saal mit umlaufenden Sitzbänken. In der Mitte stand ein Tisch, an dem ein Mönch und der Baron von Zirpling saßen. Man bat mich, Platz zu nehmen, und der Mönch stellte sich als Bruder Sion vor.«

Der Mönch habe das Reden übernommen und ihn sehr lange nach seiner Familie und seinen Plänen für die Zukunft befragt. Dass Stefan die Rechte studieren wollte, habe er sehr gelobt. Dann habe er sicher auch ein Gefühl für dasjenige, was Recht und Unrecht sei.

Ludwig unterbrach ihn ungeduldig. »Und was haben sie am Ende von dir gewollt? Was hat der Zirpling gesagt?«

Stephan, der gerade von einem langen Ausritt mit seinem Onkel und dem Baron von Zirpling zurückgekommen war, gähnte herzhaft, bevor er antwortete. »Er sagte nicht viel. Meine Zeit sei noch nicht gekommen für ihren Bund. Erst müsse ich mich bewähren. Nach einem Jahr würde man weitersehen. Bis dahin sollte ich ein Auge auf den Herrn Corzelius und sein Benehmen haben!«

»Was?« Wegeler sah ihn überrascht an. »Sie haben nichts gesagt von der Lesegesellschaft, nichts von den Vorlesungen Schneiders? Ich dachte, du sollst für sie spionieren!«

Stephan nickte. »Das soll ich auch. Als Neffe eines Bonner Stiftsherrn sei ich vertrauenswürdig. Ich soll für sie den Corzelius ins Visier nehmen!«

»Wie kann das sein?«, wunderte sich Ludwig. »Der Zirpling wohnt doch mit dem zusammen beim Schopp oder sitzt mit ihm im »Zehrgarten« beim Essen. Wieso sollst du dann den überwachen?«

»Das ist es ja. Der Zirpling traut dem Corzelius nicht. Es liegt ein Antrag vor, ihn aus dem Bund auszuschließen. Er habe sich gegen die Tugend gewandt, habe Umgang mit schlechten Weibern und offenbar das Abzeichen des Ordens, das abzulegen jedem Mitglied verboten sei, einer dieser Frauen überlassen.« Stephan kicherte. »An dieser Stelle hätte ich mich fast verplappert und gesagt, dass sei ganz anders gewesen mit dem Kreuz!«

Wegeler schlug vor Schreck die Hände vor dem Gesicht zusammen und stöhnte.

Stephan lachte. »Im letzten Augenblick habe ich mich zusammengerissen und gesagt: ›Aber nein, der Herr Corzelius ist meines Wissens ein so rechtschaffener Mann!‹ Aber Zirpling hat aufs Heftigste widersprochen. Ich soll noch mehr Beweise dafür liefern, dass der Corzelius nicht länger tragbar ist. Sie glauben sogar, dass Corzelius einen eigenen Bund gegründet hat, der die *milites virtutis* auslöschen will!« Stephan lachte wieder in sich hinein. »Ich habe sie in diesem Glauben bestärkt, indem ich gesagt habe, ich hätte auf einer Flugschrift gelesen, dass sich in Bonn ein Bund mit dem Namen ›Soldaten des Erzengels Michael‹ gegründet habe!«

Ludwig bewunderte Stephans Kaltblütigkeit. »Und wie bist du mit ihnen verblieben?«

»Ich soll alle zwei Tage dem Zirpling Rapport über Corzelius erstatten. Des Weiteren: Ich soll so viel wie möglich über diesen Michaelsbund herausbekommen!«

Wegeler schmunzelte. »Da helfen wir gerne!«

## 17

Der März brachte einen jener Vorfrühlingstage, bei denen man glauben konnte, der Sommer sei schon da. Ludwig machte mit Franz Wegeler und Stephan von Breuning einen Ausflug ins nahe Umland. Sie ließen die Kutsche in einem kleinen Dorf hinter Poppelsdorf zurück und wanderten an einem Bach entlang zum nächsten Weiler. Der Waldboden war weiß und blau von Anemonen und Glockenblumen. Auf einer Lichtung, durch deren Mitte der Bach floss, kamen sie an einer Köhlerei vorbei und beschlossen, dort zu rasten.

Stephan stieg, als sie sich zu einer Pause gelagert hatten, mit hochgekrempelten Hosen in den Bach, verhielt sich eine Weile ganz still und stieß dann plötzliche beide Hände ins Wasser. Dann zog er triumphierend eine Forelle heraus und hielt sie den Freunden hin. Er fing noch eine zweite und eine dritte. Franz zerlegte die Fische mit einem seiner Seziermesser, wie Ludwig mit Unbehagen bemerkte, während Stephan bei dem Köhler einen Tiegel mit Glut holte und Feuer machte. Dann brieten sie die Forellen an einem Stock über der Glut.

Nachdem sie gegessen und ausgeruht hatten, wanderten sie weiter zu dem unbewohnten Jagdschloss, das Kurfürst Clemens August dort in den Wald hatte bauen lassen und nie bewohnt hatte. Sie lagerten noch einmal und ließen sich neben einem Hütemädchen nieder, das zwei magere Kühe beim Weiden beaufsichtigte. Die kräftige Sonne und das Lächeln des Mädchens, mit dem sie ihr Brot teilten, brachte Frieden in Ludwigs unruhiges Herz. Sanfte Melodien kamen und gingen und führten in seinem Kopf einen Wettstreit. Eine setzte sich durch und verschwand wieder, indem eine neue einsetzte und sie überlagerte. Eine andere nahm das Thema der ersten auf und führte es weiter, bis sie wieder abgelöst wurde von einem Nebenthema. Er summte leise vor sich hin. Dann hörte er, wie verschiedene Instrumente erklangen und die widerstreitenden Melodien sich zu einem Zusammenspiel vereinten. »Erwachen heiterer Empfindungen bei der Ankunft auf dem Lande«, so etwa könnte der Titel lauten. Er bedauerte, kein Papier dabei zu haben, war sich aber sicher, dass er sich später erinnern würde.

Franz Wegeler besah sich inzwischen den nackten Fuß des Mädchens, das angab, sich einen Dorn in die Fußsohle getreten zu haben. Er lagerte den Fuß etwas höher, drückte ein wenig an der Wunde und entfernte mit ärztlichem Geschick einen großen Holzsplitter. Dann zog er ein Taschentuch hervor, machte damit einen Verband und trug dem Kind auf, den Fuß in einem warmen Sud von getrockneter Kamille zu baden. Stephan betrachtete die schmutzigen Füße der Kleinen und fragte verwundert, ob sie denn keine Schuhe habe. Das Kind schüttelte den Kopf. Warum es sich denn keine kaufe, fragte er weiter, und diesmal schüttelte Wegeler den Kopf.

Ludwig verfolgte den Vorgang mit einem gewissen Behagen. Könnte ich doch immer auf dem Land leben, die Enge und die stickigen Gassen der Stadt, das zerrissene Leben zwischen meinem düsteren Zuhause und dem guten Leben im Palais Breuning hinter mir lassen! Er seufzte. Hier auf dem Land könnte ich ganz werden, müsste mich nicht aufteilen zwischen den ewigen Streitereien mit dem Vater auf der einen, dem unterwürfigen Leben an der Tafel der Reichen auf der anderen Seite.

Für Augenblicke erinnerte ihn der Aufenthalt hier draußen an die Leichtigkeit von Sommerwochen, die er mit den Breunings in Kerpen, beim Onkel der Hofrätin, verbracht hatte. Das Bild Eleonores tauchte vor ihm auf, wie sie, in weißem Musselinkleid und Strohhut, lesend im Schatten eines Apfelbaums gesessen hatte. Und wie er ganze Tage damit zugebracht hatte, mit Stephan und Christoph zu angeln oder auf Tontauben zu schießen.

Nachdem das Hütemädchen sich mit den Worten entfernt hatte, die Großmutter habe immer getrocknete Kamille über dem Herd hängen, brachte Stephan das Gespräch auf die beabsichtigte Gründung einer Geheimgesellschaft zur Bekämpfung der Tugendsoldaten.

»Was gibt es da zu gründen?«, dämpfte Ludwig seinen Enthusiasmus. »Vielleicht erwischen wir die nie!«

»Wir können doch nicht abwarten und nichts tun«, entrüstete sich der junge Breuning.

Franz Wegeler versuchte, zwischen ihnen zu vermitteln. »Ihr habt ja beide recht. Wir können die Dinge nicht auf sich beruhen lassen, aber wir müssen uns auch sorgfältig überlegen, wie wir die Männer aus dem Gasthof Schopp provozieren können. Vielleicht sind sie auch nur die Hintermänner, in deren Auftrag gehandelt wird, dann wird es schwer, ihnen etwas zu beweisen.«

»Meinst du, das Morden geht weiter?«, fragte Ludwig bedrückt.

»Vielleicht. Vielleicht nicht. Merkwürdig ist doch«, meinte Wegeler, »dass sie deinen Vater haben leben lassen!«

»Aber nur mit sehr viel Glück hat Ludwigs Vater überlebt«, wandte Stephan ein.

»Wie dem auch sei! Was schlagt ihr vor, wie wir die Dunkelmänner überführen können?«

Ludwig mochte das lange Räsonieren nicht. Er war zu ungeduldig, um die Dinge nach allen Seiten abzuwägen. »Warum schicken wir ihnen nicht endlich die Gendarmen auf den Hals?«

Wegeler räusperte sich. »Weil im »Zehrgarten« oder beim Schopp zu Abend zu essen kein Verbrechen ist. Wenn ich mir auch nicht so sicher bin, was den Schopp angeht. Die Küche dort soll außerordentlich schlecht sein. Nein, wir müssen ihnen eine Falle stellen, denn dass die Ketten und die Zeichen an den Ermordeten zusammenhängen, besagt für sich noch nicht viel. Wahrscheinlich ist der Orden groß, und sie könnten die Morde leicht auf andere Mitglieder schieben. Aber ich habe da eine Idee.« Dann erläuterte er den Freunden seinen jüngsten Plan.

Zu Hause in der Küche traf Ludwig auf den Vater, der offenbar das Wasser nicht hatte halten können und sich eingenässt hatte.

Angewidert warf er einen Blick auf den lallenden Mann und ging in die Wohnstube. Er hörte noch, wie Josefa dem Alten, der heftig protestierte, die Stiefel auszog und wie sein Bruder Karl ihn ins Bett brachte. Danach kehrte Ruhe ein.

Ludwig setzte sich ans Klavier und versuchte, sich an die Melodien zu erinnern, die nachmittags sein Inneres erfüllt hatten. Es gelang ihm, einige Verläufe skizzenhaft festzuhalten. Dann arbeitete er am Ritterballett für Waldstein. In seinem Kopf herrschte sofort wieder Leere, und die Finger blieben ohne Anweisung. Wütend stand er auf und warf sich in den Sessel am Fenster. Auf dem kleinen Tisch neben ihm lag ein Stapel unbeschriebener Notenblätter. Er griff nach der Feder, aber vergebens. Er starrte auf das Papier, und es schien, als starre es höhnisch zurück. Die Linien bildeten mit einem Mal grimassierende Fratzen, und alle sagten ihm, dass er gar nicht komponieren könne, folglich auch nicht nach Wien zu fahren brauche. Wie hatte sein Vater neulich angesichts der vielen unbeschriebenen Blätter zu seinen Reiseplänen gesagt? »Was einer nicht kann, kann auch nicht gefördert werden.« Der Alte wusste genau, wie er ihn treffen konnte.

Ludwig ging wieder ans Klavier und begann eine Partita von Bach. Aber auch dabei wollten seine Finger ihm heute nicht gehorchen. Er brachte nur »Gekratze« zusammen, wie sich der Vater früher ausgedrückt hatte, wenn ihm Ludwigs Spiel auf der Bratsche nicht gefallen hatte. Er stand auf, um das Haus noch einmal zu verlassen. Offenbar war die Atmosphäre hier so verdorben, dass alle Musen flohen. Ludwig lächelte grimmig. Er sah einen verbitterten Hausgeist mit hässlicher Fratze vor sich, wie er mit drohender Faust am Dachrand hockte, während die Musen, mit leichter Seide bekleidete junge Frauen, sich erschrocken in die Lüfte hoben.

## 18

Zwei Tage später war Ludwig noch immer nicht in der Lage, wieder zu komponieren. Es war ihm, als wate er in zähem Pech und käme nicht von der Stelle. Zumindest hatte sich seine Fähigkeit zum Phantasieren am Klavier, dem Himmel sei Dank, wieder eingestellt, nachdem er zwei Stunden mit Neefe an der Orgel verbracht hatte. Er hatte sich dem Lehrer anvertraut, ihm die Gefühle geschildert, die er empfand, wenn der Vater auch nur in der Nähe war. Neefe hatte ihm geraten, auf den Vater zuzugehen, sich mit ihm zu versöhnen. Es sei der andauernd schwelende Konflikt, der Ludwig hemme.

»Er zieht alle Kraft von dir ab und verhindert, dass du zu dir und deiner Kunst findest!«

Aber Ludwig weigerte sich. Er konnte dem Alten kaum noch in das gedunsene Gesicht sehen. Oft dachte er, es sei für den Vater besser gewesen, wenn er der Mutter ins Grab gefolgt wäre. Dann war ihm so elend zumute, dass er am liebsten selbst der Mutter gefolgt wäre. Wie das Mariechen, das ein Jahr nach dem Tod der Mutter gestorben war. So viele Geschwister hatten nicht leben dürfen. Ein Ludwig vor ihm, ein Bruder nach ihm, dann die kleine Schwester. Immer wenn ihm elend war und er sich den Tod wünschte, sah er das winzige Mädchen, sein kleines Gesicht und die Händchen, die nach ihm gegriffen hatten, wenn er es auf den Arm nahm. Er war untröstlich gewesen, als das Kind starb. Die Mägde hatten das Haus verlassen, weil nie Geld da war, und die Josefa war zu alt, um dem Kind die Mutter zu ersetzen. Es war wohl an gebrochenem Herzen gestorben.

Er las viel im *Werther*, den man neuerdings in der Lesegesellschaft behandelte, und er konnte ganze Passagen des Werks auswendig. Die Verzweiflung des Helden, seine Todessehnsucht, war auch seine Verzweiflung. Mit der Angst vor dem Komponieren wurde es bald so schlimm, dass er es vermied, Notenpapier in seiner Nähe zu haben. Er konnte seinen Anblick kaum ertragen, weil er den Eindruck hatte, er bringe niemals mehr eine einzige Note zu Papier. Als er sich eines Abends den beiden Freundinnen offenbarte, stieß er bei Babette auf Unverständnis.

Stephan war mit der Hofrätin ausgegangen. Ludwig saß allein mit den beiden jungen Frauen im Musikzimmer. Er hatte zu viel Wein getrunken und den Drang verspürt, sich den beiden gegenüber zu öffnen. Im Kamin brannte ein kleines Feuer, Leonore wärmte davor ihre Füße auf einer Fußbank.

Babette war die erste, die auf sein Lamento reagierte: »Gib dir einen Ruck, Ludwig. Setz dich hin, schreibe Noten, das andere fügt sich.«

Die sanften Mandelaugen hatten plötzlich etwas Falkenartiges bekommen, und Ludwig lief ein Schauder über den Rücken. Er bedauerte schon jetzt den Mann, der sie einmal ehelichen würde.

Eleonore ging Ludwigs Kummer sichtlich nah. Sie sah betrübt in die Flammen und sagte lange Zeit nichts. Dann gab sie Neefe recht, denn Ludwig hatte ihnen erzählt, dass sein Mentor die ewige Streiterei mit seinem Vater für sein schöpferisches Unvermögen verantwortlich gemacht hatte. »Neefe hat recht. Überwinde deine Anspannung, Ludwig! Deiner Musik zuliebe.«

Und hatte nicht auch Cilly, die Tochter des Bäckers, neulich zu ihm gesagt, er tue sich selbst am meisten weh, wenn er so mit dem Vater haderte?

Ludwig stand auf, verbeugte sich und verließ das Zimmer. Die Frauen konnten nicht wissen, wie ihm zumute war. Eleonore hatte ihren Vater im Alter von sechs Jahren verloren; Babette war ebenfalls noch ein Kind gewesen, als ihr Vater starb. Sie ahnten nicht, was er angesichts des erbärmlichen Zustands dieses Menschen empfand, den die Natur zu seinem Vater gemacht hatte.

Eleonore. Die Ehe mit ihr könnte seine Schande wiedergutmachen. Er würde ihr seine Liebe gestehen, aber sagen, dass er zuerst nach Wien müsse. Wien war das Versprechen, groß zu werden. Dann könnte er Eleonore zu seiner Frau machen. Er wusste, dass auch Wegeler das Mädchen verehrte, aber Franz hatte noch weniger die Chance, sie zu erringen. Weniger jedenfalls als er, Ludwig, wenn er erst ein gefeierter Musiker wäre. Dass er das würde, stand ihm deutlich vor Augen. Er wusste, was er konnte und was noch nicht, und dieses *noch nicht* würde er in Wien und unter Mozarts Leitung einholen. Er hatte es sich oft genug ausgemalt. Und nun, in dieser Phase der Schmach, in der ihm sein Kopf nicht mehr gehorchen wollte, nährte er sich zum Trost immer öfter mit den Traumbildern einer großen Zukunft in Wien, mit Eleonore an seiner Seite. Die Klavierstunde, in der er sich Eleonore erklären wollte, musste die Freitagsstunde sein. In dieser waren sie eine kurze Zeit allein, wenn der Lateinmagister eintraf, um Lorenz zu unterrichten.

Nachdem Lorenz das Musikzimmer verlassen hatte, setzte Ludwig sich neben seine Schülerin. Er begann mit einer sachten, fast körperlosen Melodie und bat sie, diese zu wiederholen, was Eleonore mit großer Begabung tat. Bis Ludwig Halt gebot, seine Hand auf Eleonores Linke legte und sie ohne Umstände bat, seine Frau zu werden.

Eleonore zuckte zusammen und saß eine Weile ganz still. Dann wagte sie es, Ludwig anzusehen, allerdings nicht mit den glänzenden Augen, die sie immer bekam, wenn sie ihn bewunderte. Ihre Augen waren eher ausdruckslos. Sie stand auf und sagte in sehr erwachsenem Ton, es wäre besser, wenn er jetzt ginge, und sie beide diese Szene für immer in ihrem Herzen bewahren und dort verschließen würden. Etwas, was im Namen ihrer Freundschaft nur sehr schwer zu bewältigen sein werde, aber dennoch das Richtige sei.

Ludwig war sitzen geblieben. Er spürte die Röte in seinem Gesicht aufsteigen, eine Röte der Scham, des Ärgers, der Verzweiflung. Er sackte etwas nach vorne und legte beide Hände auf die Tasten. Dann flüsterte er heiser: »Aber die Weste, die du für mich gemacht hast! Aus Hasenhaar! Die Gedichte, die du mir geschrieben hast!«

Eleonore entfernte sich ein paar Schritte vom Klavier und ging aufgeregt auf und ab. »Ludwig! Ich bewundere, ich verehre dich, ich liebe dich wie einen Bruder! Es ist nicht recht, dass du mehr in unserer Verbindung siehst! Das schickt sich nicht. Du bist mein Lehrer, ich bin deine Schülerin; du bist mein Freund, ich will dir eine Freundin sein, auf immer und ewig. Aber mehr ist überhaupt ganz unmöglich. Die Mama, der Onkel, der Ohm aus Kerpen – sie alle wären dagegen. Ich kann keinen Musikus heiraten. Ich bin gezwungen, jemanden von Stand zu nehmen.«

Ludwig sprang auf und riss dabei den Klavierstuhl um. »Ich dachte doch erst zu heiraten, wenn ich groß geworden bin in der Welt. Dann würde ich dich holen und zu meiner Frau machen!«

Seine Stimme hatte einen krächzenden Ton angenommen. Eleonore legte ihre Hände über die Ohren und rief: »Schweig! Was sollen diese Träumereien? Kein Mädchen kann auf Schaum bauen! Wie soll das gehen? Du reist nach Wien, und ich warte hier, bis ich schwarz werde, darauf, bis du berühmt bist? Wie denkst du dir das? Die Mama darf nie von deinen Absichten erfahren. Sie hat bereits zwei Anwärter für mich im Auge, jemanden aus Köln und einen anderen aus Stolberg.«

Dass sie auch noch potenzielle Rivalen ins Feld führte, war zu viel für Ludwig. Er stürmte aus dem Zimmer, riss dem verblüfften Hausdiener Hut und Umhang aus der Hand und verließ das Palais, ohne sich von der Hofrätin zu verabschieden.

Zu Hause waren der Vater und die Brüder zum Glück nicht da. In seiner üblen Laune hätte er sofort einen heftigen Streit angefangen. Josefa hatte die steilen Falten über seiner Nase gesehen und sich wortlos in ihre Nische zurückgezogen. Man hörte nur das leise Klappern ihrer hölzernen Stricknadeln. Ludwig suchte in der Anrichte nach Essbarem, riss sich etwas vom Brotlaib ab, biss ein Stück vom Käse ab und ging wieder ins Freie. Er lief in Richtung der Baumschule, um sich dort zu betrinken. Von seinem letzten Geld fuhr er nach Stunden mit anderen Zechern in einer Mietkutsche zum Markt zurück. Später warf er sich unruhig im Bett umher und stand bald wieder auf. Morgens um fünf Uhr schrieb er einen Brief an Frau von Breuning, in dem er erklärte, dass sie des Weiteren auf ihn als Klavierlehrer ihrer Kinder verzichten müsse. Er habe schwerwiegende Gründe, die er ihr jetzt noch nicht nennen könne, sei aber von unendlichem Dank für alle Wohltaten erfüllt, die sie, die Hofrätin, ihm in den letzten Jahren erwiesen hätte. Als er dies schrieb, füllten sich seine Augen mit Tränen. Die Auseinandersetzung mit Eleonore durfte er der Mutter gegenüber nicht erwähnen, denn dann wäre der Bruch endgültig gewesen. In der Tiefe seines Herzens wünschte er sich nämlich, dass alles wieder ins Reine käme. Auf die Annehmlichkeiten, das gute Essen, den Wein, die Gespräche, die großzügig bezahlten Stunden, auf all das zu verzichten, würde ihm auf Dauer unmöglich sein. Dann müsste er früher als beabsichtigt nach Wien reisen, aber der Kurfürst war seiner Andeutung, Ludwig die Reise zu finanzieren, noch nicht nachgekommen.

Nachdem er den Brief beendet und gesiegelt hatte, ging er in den Hof zum Brunnen und wusch sich ausführlich. Die Kälte des Wassers tat ihm wohl und brachte einen kleinen Teil seiner Zuversicht zurück. Mittags machte er einen langen Spaziergang am Rhein entlang, nahm ein Fährboot ans andere Ufer, legte sich dort ins Gras und las im *Werther*. Heute fand er jedoch in der Lektüre keinen Trost. Was unglücklich lieben hieß, hatte er inzwischen selbst kennengelernt. Er verstand sehr wohl, dass eine Zurückweisung durch die Geliebte Todesgedanken wecken konnte. Aber er hatte noch so viel an ungeschriebener Musik in sich, Musik, die aus ihm hinaus in die Welt wollte. Es war ein Unsinn, sein Leben zu beenden, ohne seine Erfüllung gesucht, ohne sich vollendet zu haben.

Als es kühler wurde, ging er zum Fährboot zurück und ließ sich wieder nach Bonn übersetzen. Nicht weit von der Anlegestelle lag die Schänke »Zum Anker«. Hier hatte Waldstein die beiden Frauen gefunden, die ihnen geholfen hatten, den Kölner mit dem Namen Corzelius auszuspionieren.

Über dem Eingang hing an einer Stange ein rotes Schild mit einer halbbekleideten, blonden Frau, die einen Anker als Schaukel benutzte. Ludwig verspürte einen mächtigen Nachdurst von seiner Trinkerei des Vorabends. Er zögerte nicht lange und betrat das Wirtshaus.

Im Schankraum war es dunkel, und es stank nach kaltem Rauch, nach Bier und altem Fett. Bis auf einen schnarchenden Zecher, der mit dem Kopf auf dem Tisch schlief, und eine Gestalt im Hintergrund war der Raum leer. Ludwig hatte gehört, dass die Schiffer und Schifferknechte meist erst am späten Abend die Schänke füllten. Als sich seine Augen an das Halbdunkel gewöhnten, sah er, dass die Gestalt in der hinteren Ecke eine zahnlose alte Frau war, die sich die Karten legte. Endlich erschien ein Mann mit fleckiger Weste. Ludwig ließ sich eine Flasche Wein kommen und goss auch der Alten einen Becher ein. Nach einer Weile hob sie ihren trüben Blick und fragte ihn, ob sie ihm die Karten legen solle. Ludwig zuckte unschlüssig die Achseln. Die Alte scharrte die Karten zusammen, mischte sie, breitete sie aus und ließ Ludwig ziehen. Dann drehte sie die gezogenen Karten um, schob sie hin und her und ordnete sie.

Da sie schwieg und auch den Blick nicht hob, fragte Ludwig: »Und? Was seht Ihr, Frau?«

Die Alte zögerte, dann fuhr ihr krummer Zeigefinger kreuz und quer über die ausgelegten Karten. »Du wirst es nicht einfach haben, das steht fest! Ich sehe Ruhm, großen Ruhm, aber auch Gram, Verzweiflung, eine Krankheit vielleicht.« Sie leerte ihr Glas in einem Zug und hielt es Ludwig hin. »Gib mir noch Wein!«

Ludwig goss ihr nach. Dass die Strahlen seines zukünftigen Ruhms, an den er selbst fest glaubte, bis in diese Spelunke gedrungen waren, freute ihn.

Die Alte trank, setzte den Becher wieder ab und fragte ihn, ob er nur zum Trinken gekommen sei.

Ludwig zuckte wieder die Achseln. »Ich habe Hunger, aber für Schinken und Brot reicht mein Geld nicht, Frau.«

Die Augen der Alten, die von einem Grauschleier überzogen waren, tasteten seinen Rock ab. »Wie viele Groschen hat er denn noch?«

Ludwig kramte in seiner Rocktasche und ließ die Münzen durch die Finger gleiten. »Ich zähle zehn.«

Die eingefallenen Wangen der Alten zogen sich noch mehr zusammen. »Das ist nicht viel, aber doch genug!«

Sie betätigte eine kleine Glocke, und im Hintergrund tauchte eine jüngere Frau auf. Ludwig erkannte das vernarbte Gesicht derjenigen, die Waldstein als erste zu dem Kölner geschickt hatte. Sie kam auf Ludwig zu und hielt ihre Hand auf.

»Nun, dann hätte ich doch gerne etwas«, murmelte Ludwig. »Eine Wurst. Aber mit Kraut, bitte.«

Die Frau schüttelte den Kopf. »Die Küche ist noch nicht in Betrieb, gebraten wird erst in einer Stunde. Ich dachte, du wolltest etwas anderes.« Ludwig ließ die Münzen erschrocken in seine Tasche zurückgleiten. »Ich lass' euch den Wein da«, beeilte er sich zu sagen und wollte zur Tür. Doch eine andere Frau trat hinter dem Schanktisch hervor und hielt ihn am Arm fest. Eine raue Stimme an seinem Ohr flüsterte: »Der Herr Musikus gibt uns die Ehre! Ich habe oben ein Tasteninstrument. Will er mir nicht etwas vorspielen?«

Ludwig sah die blonde Frau verdutzt an. Es war diejenige, die Waldstein als zweite dem Corzelius geschickt hatte. Sie wies mit dem Kinn zu einer Tür und machte ihm ein Zeichen, ihr zu folgen. Er stieg hinter ihr eine schmale Stiege nach oben. Sein Blick fiel auf schlanke Fesseln. Die Absätze ihrer Schuhe waren schief. Oben öffnete sie die Tür zu einer kahlen Kammer, in der sich ein Bett und eine Waschschüssel auf einem Stuhl befanden. Als er sich suchend nach dem Clavichord umsah, umfingen ihn von hinten zwei weiche Arme.

# 19

Gegen zehn Uhr in der Nacht kam er nach Hause. Seine Brüder saßen in der Küche und tranken Branntwein. Sie schienen schlechte Laune zu haben. Josefa hatte sich hinter ihren Wandschirm verzogen.

Ludwig ging sofort schlafen.

Gegen sechs Uhr, nach einer ruhelosen Nacht mit wirren Träumen, stand er auf und ging zur Schlosskirche.

Neefe hatte ein Programm für die nächsten Wochen entwickelt, mit dem er den Kurfürsten überraschen wollte. Er beabsichtigte, eigene Orgelkompositionen in die Sonntagsmesse einzuflechten, und bat Ludwig, sie für ihn zu spielen.

Ludwig begann, war jedoch unkonzentriert. Wogen eines süßen Empfindens stiegen in ihm hoch und wechselten mit ängstlicher Scham. Sein Spiel entglitt ihm fast in jeder dritten Notenreihe.

Neefe, der neben ihm saß, griff nach seinem Arm. »Ludwig, ich bitte dich! Spiel noch einmal von vorne! Ich erkenne mein eigenes Stück nicht wieder!« Dann fragte er besorgt, ob Ludwig krank sei.

Ludwig schüttelte sich, setzte sich aufrecht hin und begann erneut. Schon nach kürzester Zeit spielte seine Rechte eine Reihe von Variationen, die unendlich süß und freudig klangen, die Neefe jedoch dazu brachten, ihm das Blatt zu entreißen.

»Ich würde es vorziehen, wenn du zunächst meine Komposition so spielst, wie sie da steht!«

Ludwig errötete. Ein seltsames Gefühl durchrieselte ihn. Sein Herz klopfte, als er die Blätter glattstrich, denn vor sich sah er einen weichen, leicht geöffneten Mund. Die Notenschlüssel schienen sich in Leiber zu verwandeln, die sich ihm entgegenbogen wie der Körper einer Frau. Er schloss die Augen.

Neefe packte ihn an der Schulter und schüttelte ihn. »Liest du meine Noten jetzt mit geschlossenen Augen?«

Ludwig riss sich zusammen. Seine Finger spielten Neefes Notierungen von nun an korrekt, nur vor den höchsten Tönen legte er jeweils ein Rubato ein.

Sein alter Lehrer schüttelte den Kopf. »Ich glaube, es ist besser, du gehst die Stücke für dich durch und spielst sie mir morgen vor. Was ist nur mit dir los?«

Ludwig spürte sein Gesicht blutrot anlaufen. Diesmal, weil er seinen Lehrer anlog. »Da haben Sie recht, Meister. Ich kann mich gar nicht einlassen; immer gehen mir die Meuchelmorde durch den Sinn!«

Neefe hatte Verständnis für seine Not und lud ihn zum Gabelfrühstück ins Gasthaus »Zur Blomen« ein.

Den übrigen Tag streifte Ludwig über die Felder vor dem Neutor. Er wanderte zum Schloss Clemensruh in Poppelsdorf, ohne seiner Unruhe Herr zu werden. Noch gestern hatte er Werthers Todeswunsch so gut verstanden. Jetzt spürte er das Leben in jeder Faser seines Körpers. Selbst der Vater hatte ihn heute nicht reizen können. Er hatte ihn des Mittags kurz gegrüßt, war rot geworden und hatte die Küche schnell verlassen.

Sein Weg führte ihn, ohne dass er es gewollt hätte, zu den Bogenhäusern, in denen die Allerärmsten ihr Zuhause hatten. Ihre winzigen, mit Stroh gedeckten Unterkünfte waren zwischen die großen Pfeiler der Stadtmauer gebaut. Kleine Kinder in schmutzigen Lumpen, um die Füße grobes Sackleinen gewickelt, spielten vor den Türen. Elend aussehende Frauen, einige Pfeife rauchend, standen zu einem Schwatz in kleinen Gruppen vor den fast blinden Fenstern. Viele husteten. Aus den Schornsteinen stieg hier und da eine dünne Rauchfahne auf. Männer sah man keine. Eine Alte, ganz in ein geflicktes Tuch gehüllt, trug ein großes Bündel Reisig auf dem Kopf und bettelte ihn an. Irgendetwas hatte ihn in diese Gegend gezogen, die er meistens, wie alle Bürger der Stadt, zu vermeiden trachtete. Es roch schlecht, die Menschen hier wurden oft krank, und man wollte das Elend nicht zu genau kennen, wenn man, wie er, im Schloss angestellt und an der Tafel der Breunings zugelassen war. Dann fiel es ihm wieder ein. Er hatte die blonde Frau, deren Namen er noch nicht einmal kannte, gefragt, ob sie im »Anker« wohne. Und sie hatte mit rauem Lachen geantwortet, sie habe eine feinere Adresse, sie wohne in den Bogenhäusern. Zusammen mit der Frau Not und dem Herrn Elend.

Ludwig drückte der Alten mit dem Reisigbündel hastig einen Groschen in die Hand und ging zum Stadttor zurück.

Auf dem Heimweg kehrte er im »Zehrgarten« ein, um etwas zu Abend zu essen. Babette saß in der Buchhandlung und winkte ihn zu sich heran. Sie hatte neue Ware in ein schwarzes Kontorbuch eingetragen, das offen neben ihr lag. Als er vor ihrem Tisch stand, legte sie die Feder ab und blickte kurz auf. »Du hast dich mit Lore überworfen, nicht wahr?«

Der Ton ihrer Stimme ließ offen, was sie von dem Vorgang hielt. Ludwig schwieg.

Babette ließ nicht locker. »Wirst du dich wieder mit ihr versöhnen?«

Ludwig blies seine Backen auf und rüstete sich. Es war ihm, als sei Babette das verlängerte Sprachrohr Eleonores, und er hatte nicht vor, mit der Wirtstochter seine Herzensangelegenheit zu besprechen. In betont neutralem Ton antwortend, sprach er von seinen Reiseplänen, der Enge der Stadt und dass er sich weigere, Lore noch einmal wiederzusehen.

Babette griff nach einem Scherenschnitt und hielt ihn hoch. Sie habe gerade eine Szene im Hause Breuning geschnitten. Sie nahm die Schere auf und fuhr kunstfertig um die Hand einer Dame, die eine Teetasse hielt.

Ludwig erkannte die Silhouette der Dame neben dem Teetisch. Sie passte zu Leonore.

»Lore war sehr unzufrieden mit deinem Verhalten«, fuhr Babette fort. »Sie sagte mir, es sei vollkommen unangemessen gewesen. Hast du die natürlichen Schranken überwinden wollen, die Gott zwischen den Menschen errichtet hat, um sie zu unterscheiden, lieber Ludwig? Das gelingt nur sehr wenigen von uns! Und du mit deinem Ungestüm gehörst bestimmt nicht zu ihnen!«

Ludwig spürte seine Galle bei ihrer Bemerkung, beherrschte sich jedoch. Eine wie die Koch, die unbedingt höher hinaus wollte und jetzt ihre feingliedrigen Finger nach dem Grafen Belderbusch ausstreckte, musste ihn nicht über die Grenzen belehren, die Menschen zwischen sich und andere Menschen gezogen hatten. Er drehte sich um und ging wortlos in den Schankraum.

Matthias fragte ihn freundlich, ob er ihm einen Wein bringen solle.

Ludwig schüttelte den Kopf. »Nein danke, ich mache noch einen Spaziergang. Ich habe morgen früh Orchesterprobe und plötzlich Kopfweh. Vielleicht hilft mir die frische Luft!«

»Geh bloß nicht zum Rhein!«, warnte ihn Babettes Bruder. »Soll ich nicht mitkommen? Die Gendarmerie hat gestern Flugschriften in allen Häusern verteilt. Man soll sich nach Anbruch der Dunkelheit nur noch zu zweit auf den Straßen aufhalten.«

Ludwig schüttelte den Kopf. Er musste allein sein. Er überquerte den dunklen Marktplatz in Richtung Wenzelgasse, ging aber nicht nach Hause, sondern weiter in Richtung Stadttor. Nach den ersten warmen Märztagen hatte sich der Winter zurückgemeldet. Ein leichter Schnee fiel. Er hörte den Nachtwächter rufen, während er die Sternstraße hinaufging. Vor den Häusern standen noch hier und da Männer, die sich Pfeife rauchend unterhielten. Eine Frau trug einen schweren Korb mit Brot in ein Haus. Aus einem Fenster hörte er ein kleines Kind schreien, aus dem neu errichteten Marstall war das Schnauben der Pferde zu vernehmen.

Am Tor wechselte er ein paar Worte mit dem Wächter und fragte, ob er viel zu tun gehabt habe. Man war abends, besonders in der Sternstraße, nicht darauf erpicht, dass sich Gesindel in die Stadt schlich, das es womöglich auf die kurfürstlichen Pferde abgesehen hatte. Erst kürzlich hatte es einen dreisten Überfall gegeben, bei dem man die Stallknechte niedergeschlagen und zwei der schönsten Rösser gestohlen hatte. Die Diebe waren anschließend im Galopp mit ihnen durch das Stadttor geflohen. Der Torwächter sah müde aus. »Gerade ist eine Kutsche rausgefahren. Die Fenster waren verhangen, den Kutscher kannte ich nicht. Sie wollten nach Köln. Das ist alles. Ist einfach zu kalt, um so spät noch draußen zu sein!«

Ludwig nickte. »Ich mache eine Runde über die Wiesen und geh dann am Kölner Tor wieder rein.« Er tippte an seinen Hut und wanderte ein Stück über das angrenzende Feld. Es war Vollmond. Man konnte den Weg gut erkennen, der von hier in Richtung der Vorgebirgsdörfer führte. Die kalte Luft tat Ludwig gut, und als sich die Kopfschmerzen besserten, wandte er sich nach rechts, um an der Stadtmauer entlang über die Wiesen zurückzugehen.

Er hatte das Mondlicht im Rücken, und der Pfad vor ihm war deutlich zu sehen. Der Schnee bildete hier draußen bereits eine feste Decke. Zweimal war ihm, als käme aus den Büschen an der Stadtmauer ein Geräusch. Dann hörte er auch ein Pferd schnauben, obwohl der Kurfürstliche Marstall jetzt ein gutes Stück entfernt lag. Das Bild der jungen Frau aus dem »Anker« stand ihm hier in der mondhellen Nacht vor Augen. Gerade als er daran dachte, dass er bei ihr all seinen Groll, seine Schuldgefühle und seine Angst für kurze Zeit vollständig hatte vergessen können, traten zwei maskierte Männer aus dem Schatten der Mauer heraus. Einer von ihnen trat hinter ihn und stülpte ihm einen Sack über den Kopf. Dann spürte er einen dumpfen Schlag und verlor das Bewusstsein.

Als er wieder erwachte, saß er offenbar auf einem Wagen oder in einer Kutsche, denn das Gefährt rumpelte hin und her. Er konnte sich den Sack nicht vom Kopf ziehen, seine Hände waren am Rücken gefesselt. Etwas lief warm sein Gesicht herunter, vermutlich Blut. Jemand sagte: »Er scheint wach zu sein« und rüttelte ihn an der Schulter.

»He du! Sprich! Was habt ihr neulich in der Lesegesellschaft besprochen?«

Ludwig schwieg.

Jemand stieß ihn grob in die Seite. »So rede!«

Ludwig fragte: »Wo bin ich? Wer seid ihr?«

Jemand stach ihm mit einer Stiefelspitze in den Bauch. »Wir stellen hier die Fragen! Also, worüber habt ihr gesprochen?«

Als Ludwig nicht antwortete, stieß der Stiefel wieder zu, diesmal so heftig, dass sich Ludwig vor Schmerz krümmte. »Über Schiller«, keuchte er.

»Schiller?«, wiederholte die Stimme.

Eine andere Stimme flüsterte ihm etwas zu. Ludwig verstand das Wort *Dichter.*

Jemand mit einer höheren Stimme, die eher greisenhaft klang, fragte jetzt in schmeichelndem Ton: »Und was, mein Junge, habt ihr von Schiller gelesen?«

»Das Gedicht ›An die Freude‹«, würgte Ludwig heraus. Ihm war übel. Er würde sich gleich übergeben müssen.

Der erste der beiden Männer stieß ihn wieder unsanft an. »An die Freunde, welche Freunde?« Der mit der Fistelstimme schien den Fragenden aufzuklären, denn er flüsterte seinem Kumpan wieder etwas zu. »Und was war noch?«, fragte die hohe Stimme jetzt weiter, und der Grobe ergänzte: »Ihr hattet den Schneider da. Was hat er von sich gegeben?«

Ludwig würgte wieder ein paar Mal unter dem Sack. »Mir ist schlecht, lasst mich gehen!«

»Nicht, bevor du uns vom Schneider berichtet hast, mein Junge«, säuselte jetzt wieder die Fistelstimme.

Ludwig kämpfte gegen seinen Brechreiz an. Er würde diesen Spitzbuben auf keinen Fall die Wahrheit sagen. Laut und deutlich erklärte er, dass Eulogius Schneider über die Liebe zu Gott gesprochen habe. Daraufhin erfolgte eine Pause. Nur das Gerumpel der Räder über den unebenen Boden war zu hören. Dann traf ihn wieder die Stiefelspitze, und jemand schlug mit Wucht gegen seinen Kopf. Ludwig schrie auf.

»Den Titel der Rede! Wie hieß der Titel?«

»Ich weiß doch nicht den Titel seiner Rede, er war zu lang.«

Wieder ein Flüstern.

»Worüber habt Ihr noch geredet in der Lesegesellschaft?«

»Über Schillers ›An die Freude‹«, würgte Ludwig hervor.

Jemand schlug ihm mit der flachen Hand gegen den Kopf. »Das hast du schon gesagt, du Esel. Was hat dieser Blaukopf Neefe euch erzählt?«

*Blaukopf*, das wusste Ludwig, war ein Schimpfwort für die Protestanten. Hinter allem Schmerz und der Angst, die Ludwig in seiner fatalen Situation empfand, meldete sich jetzt ein anderer Impuls. Sein Lehrer, der ihn immer gefördert, ihm immer beigestanden hatte und die Freundlichkeit und Sanftheit in Person war, stand ihm vor Augen. Dies verlieh ihm eine neue Kraft und den Wunsch, Neefe zu beschützen.

»Herr Neefe kam sehr spät. Er hat nichts gesagt!«, stieß er hervor. Wieder hörte er die beiden flüstern.

»Was ist mit dem Belderbusch? War der da?«

Ludwig wusste im Moment nicht, was er sagen sollte, denn der Neffe des verstorbenen Ministers war bisher noch nie in der Lesegesellschaft gewesen. Ihn befiel trotz seiner misslichen Lage die Lust, den beiden einen Bären aufzubinden. »Ich glaube, er saß vor mir! Ihm hat der Vortrag von Frau Neefe so gut gefallen, dass er laut geklatscht hat!«

»Also doch!«, hörte er den mit der Fistelstimme sagen. »Ich wusste es! Geld wie Heu und trotzdem ein Aufrührer!«

Dann wollten seine Peiniger noch etwas über den Hornisten Simrock und den Geiger Franz Ries wissen, die vor einigen Jahren mit Neefe und anderen die Lesegesellschaft gegründet hatten. Ob der Ries an jenem Abend da gewesen sei.

Ludwig log erneut. Obwohl er neben dem alten Ries gesessen hatte, behauptete er, er habe ihn nicht gesehen. Der andere schien sich jetzt zu ihm herabzubeugen, denn Ludwig hörte seine Stimme ganz nah. Und obwohl er einen Sack über dem Kopf trug, roch er den üblen Atem des Sprechenden. »Nun gut, Bürschchen. Lass dir gesagt sein: Folge dem Weg der Tugend oder wir schlagen dich beim nächsten Mal tot!«

Dann klopfte jemand an die Wand der Kutsche, worauf das Gefährt etwas langsamer fuhr. Einer der beiden Männer öffnete die Tür, zerrte Ludwig hoch, zog ihm den Sack vom Kopf und warf ihn hinaus.

Ludwig blieb eine Weile benommen liegen. Es schneite noch immer. Die Kutsche entfernte sich lautlos und verschwand in der Dunkelheit. Ludwig setzte sich mit Mühe auf und versuchte aufzustehen. Ihm fehlte die Kraft. Auf Knien rutschte er zu einem alten Baum und legte sich auf die Wurzeln, die, dick wie Männerarme, aus dem Stamm quollen. Noch einmal versuchte er, sich aufzurichten. Dabei entstand in seinen Ohren ein dumpfes Sausen. Im nächsten Augenblick verlor er das Bewusstsein.

## 20

Ludwig, Ludwig!« Jemand rief leise seinen Namen und strich ihm durchs Haar. Er versuchte, seine Augen zu öffnen. Das rechte war verklebt und geschwollen. Sein Körper war taub, er konnte ihn nicht spüren.

»Was tust du hier, Ludwig? Du holst dir ja den Tod!«

Jetzt erkannte er das Gesicht, das sich über ihn beugte. Es war Cäcilie Fischer, Cilly genannt, die Bäckerstochter und seine Jugendfreundin aus der Rheingasse. Sie hatte einen Korb und eine Laterne neben ihn abgesetzt und kniete sich in den Schnee.

»Was ist mit deinen Händen? Was hat man mit dir gemacht?« Cilly drehte seinen erstarrten Körper auf die Seite. Dann suchte sie in ihrem Korb, zog ein Messer hervor und schnitt den Strick durch, mit dem man ihn gefesselt hatte. »Jetzt komm und steh auf. Ich bring dich zu den Großeltern, hier kannst du nicht bleiben!« Sie griff wieder in ihren Korb und drückte ihm einen Wecken in die blau gefrorene Hand, den er gierig verschlang. »Leg dich auf den Schlitten. Ich zieh dich zu den Großeltern. Ich bin auf dem Weg zu ihnen, um ihnen das Brot für diese Woche zu bringen. Sie sind alt und schaffen es nicht mehr bis zu unserem Haus.«

Ludwig fiel das Sprechen schwer. Er legte sich, mit Cillys Hilfe, bäuchlings auf den Schlitten und ließ sich willenlos von ihr ziehen. Das Mädchen hatte sich den Strick, an dem sie den Schlitten zog, um den Leib gebunden, hielt mit der Rechten die Laterne und mit der Linken den schweren Korb. Zwischendurch schwanden Ludwig wieder die Sinne. Er wurde erst wieder wach, als Cilly vor einer kleinen Kate hielt. Die Eltern der Bäckerin wohnten hier weit vor den Toren der Stadt.

Cilly und der Großvater, ein drahtiger kleiner Mann, stützten Ludwig und halfen ihm aufzustehen. Er spürte, wie ihm die Beine den Dienst versagten, legte seine Arme um den alten Mann und seine Enkelin und ließ sich mehr schleifen, als dass er ging. Drinnen setzten ihn die beiden neben den Ofen in einen Lehnstuhl. Ludwig spürte, wie sich seine Glieder allmählich erwärmten. Dabei tat ihm alles weh; er musste Stunden dort in der Kälte gelegen haben. Der Alte brachte ihm einen Schnaps. »Jut, dat dä Fross opjehüürt hätt, sonst wärste vielleich dud, Jung!«

Cilly brachte heißen Tee und sah sich besorgt sein Gesicht an. Sein Auge war geschwollen; eine Wunde klaffte an seiner Stirn. Vor ihm standen Cillys Großeltern, klein und grau, und starrten ihn schweigend an. Ludwig erzählte mit Mühe, dass man ihn überfallen, entführt und aus einer fahrenden Kutsche gestoßen habe. Die Alten waren entsetzt. Cillys Großvater wollte wissen, was man ihm geraubt habe. Sie verstanden nicht, dass man ihm nichts weggenommen hatte. Er hatte noch die Uhr seines Großvaters und ein paar Taler in seiner Rocktasche. Dankbar schlürfte er den heißen Tee aus Salbei, den Cilly ihm vorsetzte. Das Mädchen und der Großvater packten den Korb aus, rückten einen Tisch heran, und alle drei nahmen Platz, um zu frühstücken. Die Großmutter fütterte Ludwig mit kleinen Stücken Butterbrot und Speck, während seine Hände fest den Becher mit Tee umklammerten. Allmählich fühlte er die Lebensgeister zurückkehren. Nach der Mahlzeit räumte die Großmutter den Tisch ab, während Cilly das Geschirr draußen im Schnee reinigte und wieder in die Anrichte räumte. Cillys Großvater saß ihm gegenüber und sah ihn schweigend an. Der alte Mann hatte für ihn eine Pfeife entzündet, aber Ludwig war nach ein paar Zügen schlecht geworden. Er versuchte, aufzustehen und ein paar Schritte zu tun. Kaum auf den Füßen, spürte er, wie ein scharfer Schmerz seinen Knöchel durchfuhr. Beim Sturz aus der Kutsche musste er sich verletzt haben. Die Kälte hatte den Schmerz bis jetzt überlagert, aber nun sah er sich außerstande, aufzutreten oder zu gehen. Der Großvater gab ihm einen knorrigen Stock, den er hinter der Tür hervorholte. Mit der Stütze konnte er ein paar Schritte tun.

Cilly bat ihn, wieder Platz zu nehmen, und untersuchte vorsichtig seinen Knöchel.

Die Großmutter schlurfte heran. »Wenn er jebroche wör, wör er dick!«, sagte sie nur kurz.

»Die Oma meint, vielleicht ist der Fuß nur verstaucht, die versteht was davon«, erläuterte Cilly. Dann fuhr sie fort: »Ich muss jetzt wieder heim. Willst du bei den Großeltern bleiben, und ich schick dir einen Wagen? Vielleicht können die Breunings dich holen?«

Ludwig schüttelte heftig den Kopf. Er wollte nicht, dass jemand von seinem nächtlichen Unglück erfuhr, schon gar nicht die Hofrätin. Er würde den Überfall mit Wegeler besprechen.

Der Großvater half ihm auf den Schlitten, und Cilly zog ihn langsam durch den dämmernden Morgen zum Stadttor zurück.

In der Stadt kürzte sie die Strecke ab, indem sie ein enges Gässchen nahm. Vor dem Haus half sie ihm aufzustehen. »Soll ich nach oben mitkommen?«

Ludwig schüttelte den Kopf. Er stützte sich an der Hauswand ab und humpelte zur Tür. »Danke für alles!«, sagte er noch einmal.

»Die Josefa soll dir einen Bottich mit heißem Wasser machen«, rief ihm Cilly hinterher. »Dann badest du und gehst zu Bett. Soll ich nach dem Crevelt schicken?«

Ludwig schüttelte wieder den Kopf. Er wollte kein Aufsehen erregen. Crevelt war die Hauspostille des »Zehrgarten«. Was ihm zu Ohren kam, machte bald die Runde in der Stadt.

Cilly zog ihren Schlitten weiter bis zum Marktplatz, wo sie ein paar Äpfel und eine Handvoll Haselnüsse kaufte. Dann ging sie nach Hause in Richtung Rheingasse. Die Eltern würden ihr Vorwürfe machen, dass sie so lange weggeblieben war.

Der Ludwig. Cilly hing ihren Gedanken nach. Ich weiß noch, wie er mit den Geschwistern bei uns im Hausflur gespielt hat. Die Mägde haben nicht viel acht gegeben auf die Kleinen. Ich habe mich manchmal um sie gekümmert, wenn sie zu sehr geweint haben. Die Frau van Beethoven lag dann oben und ruhte. Manchmal bin ich mit Ludwig an der Hand auf die Gasse gegangen, in den Hofgarten zum Spielen oder in unseren Hof auf die Schaukel. Sein

Vater hat schon damals gerne einen über den Durst getrunken. Mein Vater, der Bäckermeister, sagte oft, das habe der Johann Beethoven von seiner Mutter, die habe sich um den Verstand gesoffen. Für den Ludwig tat es mir leid, denn sein Vater war oft, wenn er nach Hause kam, in schlechter Gemütsverfassung. Dann hat er den Ludwig immer streng üben lassen. Der Ludwig war doch noch so klein und musste schon so viel Lektion aushalten. Und wenn er nicht parierte, hat der alte Beethoven ihm auf die Finger geschlagen. Aber er spielte dann auch früh die wunderbarsten Sachen. Ich habe ihm immer zugehört, wenn ich im Hof die Wäsche aufgehängt habe. Später dann haben der Ludwig und sein Bruder Karl viel Unsinn gemacht, meiner Mutter die Hühnereier geklaut oder einen Hahn gefangen, gebraten und oben unterm Dach verzehrt. Der Ludwig war ganz verrückt nach unserem Fernrohr auf dem Dachboden. Da hockte er stundenlang und sah über die Dächer auf den Rhein. Die Musikanten haben viel gefeiert, und ich war gerne dabei. Ludwigs Vater hat mal ein Gedicht auf meinen Namenstag gemacht, der wurde immer groß begangen, weil die heilige Cäcilie doch die Heilige der Musik ist. Und der Namenstag von Frau Beethoven wurde auch stets groß gefeiert. Und dann die schönen Weihnachtsabende! Nach zwölf gab es bei Beethovens immer Punsch, Kaffee und Bratwurst, dazu wurde getanzt, dass es eine Freude war. Meinen Eltern waren die Beethovens als Mieter nicht angenehm. Der Großvater hatte ja schon bei uns gewohnt, aber er hat als Kapellmeister die Miete pünktlich bezahlt, sein Sohn, der Johann dagegen, nicht. Ludwigs Vater hat viele Taler die Kehle hinabgehen lassen, sagte meine sparsame Mutter immer. Und jetzt, seit sie in die Wenzelgasse gezogen sind, ist es schlimmer geworden mit ihm. Erst starb Ludwigs Mutter, dann die kleine Schwester. Niemand kümmert sich um den Ludwig. Er bekommt nichts Richtiges in den Magen, dabei arbeitet er den ganzen Tag. Die Wirtschafterin ist zu alt, um seine Sachen ordentlich zu halten. Der Ludwig sollte heiraten. Das Babettchen vom »Zehrgarten« macht ihm oft schöne Augen, aber ob der Ludwig für die gut genug ist, das glaub' ich nicht. Die Kochs wollen immer nur nach oben, sagt mein Vater. Gut, dass ich meinen Fritz gefunden hab, ich wär' sonst ganz traurig geworden, denn der Ludwig ist mir sehr ans Herz gewachsen. Aber mit uns wäre das nichts geworden; ich bin ja viel älter als er, und sein Herz schlägt für die hochgestellten Damen, die im Hause Breuning verkehren. Eine Von und zu muss es wohl sein, aber den feinen Damen ist er bestimmt zu arm. So wird er wohl kaum glücklich werden.

Ludwig hatte mit Mühe die Stiege geschafft. Er war durstig und wollte sich in der Küche eine Tasse Milch holen, bevor er ins Bett ging. Das heiße Badewasser konnte dauern. Bis Josefa die Kessel zum Kochen gebracht hatte, wäre er längst eingeschlafen. Er wollte jetzt nur ausruhen und Cillys Rat, ein heißes Bad zu nehmen, später befolgen. Josefa goss ihm die Milch ein und erkundigte sich nach seinen Blessuren. Er habe einen Streit gehabt, mit einem vom Theater, und dann hätten sie sich geprügelt, log Ludwig. Danach sei er in den Schnee gefallen und habe lange da gelegen; jetzt sei ihm erbärmlich kalt.

Josefa legte Ziegelsteine in den Ofen. »Leg dich hin, Louis. Ich bring dir heiße Steine, dann bekommst du warme Füße.«

Bevor er die Küche verlassen konnte, betrat sein Vater die Wohnung. Johann van Beethoven fing bei seinem Anblick sofort an zu zetern. »Wo ist denn der Herr Sohn nur gewesen? Man hat im Orchester nach dir gefragt und so getan, als sei ich an deiner Abwesenheit schuld. Mir mein Geld wegnehmen, aber selbst nicht arbeiten! Da kann man gut leben, wenn man den halben Lohn vom Vater einstreicht und nicht zur Arbeit geht.«

Ludwig fühlte diesmal nicht, wie so oft in der letzten Zeit, Wut in sich hochschießen. Er hörte den Eber nicht durchs Unterholz brechen, hörte kein Schnauben und auch nicht, wie er die Zweige niederstampfte. Er war zu erschöpft von der Nacht, die er draußen in der Kälte verbracht hatte. Dennoch wallte für einen Moment Hass in ihm auf. Er griff nach dem Milchkrug auf dem Tisch und schleuderte ihn zu Boden. Das Wenige, was noch drin gewesen war, rann zwischen den Scherben in die Dielen. Josefa schlug die Hände vors Gesicht, der Vater schaute ihn entsetzt an. Dann sank der Alte auf einen Stuhl, legte den Kopf auf die gekreuzten Arme und schluchzte. Ludwig ging, zitternd vor Kälte, ins Bett. Als Josefa die heißen Ziegelsteine brachte, war er schon eingeschlafen.

Am anderen Morgen erwachte er mit einem glühenden Kopf. Um seine Stirn hatte Josefa ein Stück weißes Tuch gewickelt, weil die Wunde weiter geblutet hatte. Seine rechte Gesichtshälfte sah blau und verformt aus, sein Kopf schmerzte, und sein linkes Auge tränte heftig. Josefa hatte seinen Bruder Johann nach Wegeler geschickt. Franz Wegeler erkundigte sich bestürzt, was mit ihm geschehen sei, und fluchte leise, als Ludwig ihm, mit Mühe flüsternd, von dem Überfall und der Entführung berichtete. Dann untersuchte er Ludwig gründlich und ließ ihn husten. Ludwig klagte über Atemnot. Er habe hohes Fieber, meinte Wegeler, und hoffentlich lege es sich nicht auf die Brust. Aber er habe Glück gehabt. Heute sei der Frost zurückgekommen, und den hätte er wahrscheinlich nicht überlebt.

Ludwig blieb die nächsten Tage im Bett, dann fühlte er sich an einem Vormittag etwas besser und humpelte in die Wohnstube. Als die Sonne ein paar Strahlen durch die Fenster warf, probierte er, mit dem verstauchten Fuß aufzutreten. Er griff sich den Stock von Cillys Großvater, verließ das Haus und nahm den Weg zur Baumschule. Die Sonne schien kräftig, und Tauwetter hatte eingesetzt. Von allen Bäumen tropfte es; hier und da krachten letzte Eiszapfen von den Dächern. Seine Hosen waren bis zu den Knien bespritzt, als er in der Wirtschaft ankam.

Er war um diese frühe Zeit der einzige Gast, setzte sich in eine Ecke und bestellte Wein. Er blieb lange Stunden, bis er so betrunken war, dass er sich nicht mehr auf dem Stuhl halten konnte. Als es dämmerte, zahlte er die Zeche und torkelte heimwärts. Nach ein paar Metern musste er stehen bleiben und sich übergeben. Er ging weiter, lehnte sich an einen Baumstamm und übergab sich ein zweites Mal. Es war, als käme sein Inneres nach außen, als ob er alles hergeben sollte, was in ihm war. Dieses Hergeben kam ihm wie ein Ergeben vor. Als er nach einer Weile durchfroren und geschwächt seinen Weg fortsetzte, stand ihm deutlich vor Augen, was er zu tun hatte.

# 21

Drei Tage später hatte Ludwig sich zu Josefas Verwunderung in aller Frühe angeboten, Brot beim Bäckermeister Fischer zu holen. Vor dem Fenster, von dem aus die Fischers ihre Ware zum Verkauf anboten, bildete sich schon eine lange Schlange. Der alte Fischer kam gerade aus der Backstube, als Ludwig an der Reihe war und vor dem breiten Fensterbrett stand, auf das Fischers Tochter das Brot für die Kundschaft legte. Der Bäcker lehnte sich müde gegen die Wand, zog an einer Pfeife und nickte ihm zu.

Ludwig bestellte einen Laib Weißbrot und flüsterte: »Cilly, ich muss dich sprechen!«

Cilly sah auf, nahm den Laib wieder zurück und brachte ihm einen etwas größeren. »Der andere war ihm zu dunkel«, erklärte sie dem Vater, der misstrauisch in ihre Richtung schaute. Ihr Vater war etwas schwerhörig, daher fragte sie mit lauter Stimme: »Recht so, Ludwig?«,, als sie dem jungen Mann das hellere Exemplar zeigte. Flüsternd setzte sie hinzu: »Warum?«

Ludwig tat so, als drehe er das Brot hin und her, senkte seinen Kopf tief in sein Halstuch und flüsterte zurück: »Wann kann ich dich sehen?«

»Ein schwarzes auch noch?«, fragte Cilly laut in Richtung ihres Vaters und ging wieder zu der Stellage mit den Broten. Sie legte das Schwarzbrot neben den anderen Laib und rief: »Das macht einen viertel Taler! Oder soll ich anschreiben?«

Ludwig nickte.

Sie holte ein dickes Buch und bat Ludwig, neben dem Preis zu unterzeichnen. Dabei wisperte sie ihm zu: »Heute Abend um sieben, unten beim Hochwasser.«

Ludwig nahm die beiden Brote, grüßte den alten Fischer, der ihn nicht aus den Augen gelassen hatte, und ging.

Die Frauen hinter ihm rückten auf. Eine Alte rief ihm noch nach: »Immer zum Poussieren aufgelegt, die Herren Musikanten!«

Gegen sieben suchte er die Bäckerstochter auf. Das Eis im Rhein war längst geschmolzen; das Wasser stand zwei Meter bis in die Rheingasse hinein. Ludwig hatte sofort verstanden, was Cilly meinte. Als Kinder waren sie oft in den kleinen Wellen herumgelaufen, die der Fluss bei Wind in die Gasse schob. Oder sie hatten kleine Papierschiffe aufs Wasser gesetzt, und Gottfried, Cillys jüngster Bruder, hatte noch in jedem Jahr gerufen: »Der Rhein ist wieder auf Besuch, kommt, gehen wir ihn begrüßen!«

Cilly lehnte im Dunkeln an der Mauer des letzten bewohnten Hauses vor dem Treidelpfad.

Ludwig konnte die junge Frau im hellen Mondlicht gut erkennen. Er verdankte ihr sein Leben. Ohne sie wäre er in seinem Schneebett vielleicht gar nicht mehr aufgewacht. Und er hatte sich kaum richtig bei ihr bedankt.

Wie dankt man einer jungen Frau, die einem das Leben gerettet hat? Ich werde eine Sonate für sie komponieren. Sie soll mit C anfangen und mit einem C-Dur-Akkord enden.

Von weiter unten, wo die Anlegestelle für die großen Schiffe lag, hörte man ein lautes Grölen. Da lag auch der »Anker«, die Spelunke, aus der Waldstein die Mädchen für den Freier aus Köln rekrutiert hatte. Es schien eine Ewigkeit her zu sein, während ihm der Abend mit der blonden Frau, sobald er daran dachte, ganz gegenwärtig war.

Cilly, die ihn inzwischen bemerkt hatte, winkte ihm zu. Wegen des Hochwassers ging sie auf Zehenspitzen vor ihm an der Hauswand entlang bis zu einem kleinen Tor. Ludwig folgte ihr. Der Garten dahinter lag ein Stück höher als das Rheinufer, so dass sie das Ende des Pfads trockenen Fußes erreichten und sich auf einem gefällten Baumstamm niederlassen konnten.

Als er Cilly erklärte, was er und seine beiden Freunden vorhatten, war sie zunächst fassungslos.

»Aber Ludwig, was würden meine Eltern sagen, ganz zu schweigen von meinem Verlobten Friedrich? Er ist gottlob nicht in der Stadt; sie decken gerade ein großes Haus in Koblenz, aber in zwei

Wochen ist er wieder da, und er will mit meinem Vater den Tag für unsere Hochzeit besprechen!«

Ludwig blieb beharrlich. »Das ist schön, herzlichen Glückwunsch, Cilly. Aber denk doch! Es ist für eine gute Sache! Wenn wir die Mörder finden wollen, müssen wir ihnen eine Falle stellen. Das ist der einzige Weg, sie zu überführen!«

Cilly senkte den Kopf und verzog den Mund. Ihre Sommersprossen schimmerten im Mondlicht wie Gold. »Aber warum ich, Ludwig? Warum nicht die Babette Koch oder die Eleonore von Breuning? Ich sag's dir, Ludwig. Die sind zu fein für so was! Und ich bin ja nur die Bäckerstochter. Das habt ihr euch fein ausgedacht!«

»Aber Cilly! Eleonore ist zu behütet. Mir ist gar nicht erlaubt, mit ihr zu gehen oder zu tanzen. Und draußen macht sie keinen einzigen Schritt ohne ihre Brüder, ihren Onkel oder ihre Mutter. Während du schon in aller Frühe, wenn es noch dunkel ist, den Großeltern das Brot bringst. Ganz allein. Und die Babette, das geht auch nicht. Die würde das nicht machen, die wäre sich zu fein dafür. Und dann ist sie doch einen Kopf größer als ich! Und ihre Haare sind eine Art Falkenhorst, wie sähe das denn aus!«

Cilly musste lachen. Babette war nicht nur hochgewachsen, sondern trug ihr Haar immer noch nach der alten Mode, hoch toupiert. Dann wurde sie aber wieder ernst. »Aber mein Ruf! Wenn die Eltern das erfahren! Sie sind doch sowieso nicht gut auf deine Familie zu sprechen.«

Ludwig nahm ihre Hand und schaute ihr in die Augen. »Wir werden ihnen später alles erklären! Wenn wir die Männer kriegen, dann wollen wir die Geschichte im *Intelligenz-Blatt* veröffentlichen. Man wird in der ganzen Stadt deinen Mut bewundern. Dein Bräutigam und deine Eltern werden stolz auf dich sein!« Um seiner Rede noch mehr Nachdruck zu verleihen, setzte er hinzu: »Und auch der Kurfürst wird es uns danken!«

Cilly schwieg und überlegte. Dann meinte sie: »Ich weiß nicht, ob mein Fritz stolz auf mich sein wird. Eher verpasst er dir eine ordentliche Tracht Prügel. Das wäre dann schon die zweite in kurzer Zeit!«

Ludwig ließ sich nicht beirren und redete weiter auf sie ein. Die Tracht Prügel, die ihm seine Entführer verabreicht hatten, sei auch ein Opfer gewesen auf dem Weg, Licht in das dunkle Treiben dieser Gesellen zu bringen. Er werde gerne weitere Prügel in Kauf nehmen, wenn es dazu diene, die Verbrecher vor Gericht zu bringen.

Nach einer Weile des Zuredens, vor allem, als er Cilly schilderte, was er über die ermordete Magd wusste, hatte er die junge Frau überzeugen und für den Plan gewinnen können.

Dieser sah so aus, dass am Tag des Frühlingsanfangs, an dem gewöhnlich in der Baumschule ein Fest gefeiert wurde, Ludwig und Cilly zusammen tanzen und dann so tun sollten, als seien sie ein Liebespaar. Sie sollten sich in auffälliger Weise unziemlich benehmen und sich vor den Augen der anderen Festteilnehmer in den Wald zurückziehen. Der Bäcker und seine Frau mussten natürlich ferngehalten werden, sie dürften dem Spektakel nicht beiwohnen. Die Gefahr, dass das Theater aufflog, bevor es seinen Zweck erfüllt hatte, war zu groß.

Ludwig und Cilly sollten dann gemeinsam in den Wald gehen, während Stephan und Wegeler aufpassten, ob ihnen jemand folgte. Vorsichtshalber würden sich Gendarmen in der Nähe der Bäume, wo die beiden scheinbar ihr Liebesabenteuer fortsetzen sollten, verstecken. Wegeler hatte die Idee, dass beide sich unter der Kleidung mit festen Lederwesten ausrüsteten, so dass sie im Falle eines Angriffs gegen Messer geschützt seien. Der ganze Plan war trotzdem gefährlich. Wenn er misslang, kostete er Cillys guten Ruf oder sie beide sogar das Leben.

Cilly unterbrach Ludwig, als er von Wegelers Idee mit den Lederwesten schwärmte. »Und was ist mit meinem Hals? Dem Pagen und der Magd hat man doch die Kehle durchgeschnitten.«

Ludwig senkte seine Stimme und versuchte, sie so fest wie möglich klingen zu lassen. »Wenn sie uns tatsächlich angreifen, dann sind die Gendarmen zur Stelle!«

Cilly hatte große Zweifel, was die Fähigkeiten der Gendarmen anging. Ludwig brauchte mit seiner Überredungskunst eine ganze Stunde, bis die Tochter des Bäckers nachgab. »Aber«, sie sah Ludwig fest in die Augen, »wenn ich es mir noch einmal anders überlege, darfst du mir nicht böse sein! Alle Dinge sehen bei Licht anders aus als in der Nacht!« Ludwig versprach es, und sie nahmen den schmalen Weg über den gefluteten Teil des Ufers zurück.

Bevor sie in die Rheingasse einbogen, drückte Ludwig Cillys Hand, nahm ihren Kopf in beide Hände und küsste sie auf den Scheitel. Ihr Haar roch nach frischem Brot. Dann sagte er nur: »Danke!«

# 22

Am einundzwanzigsten März strahlte die Sonne wie bestellt hell und warm vom Himmel. Ludwigs Lehrer Neefe hatte im Jahr zuvor ein Loblied auf die Bonner Mädchen gedichtet, das man im *Intelligenz-Blatt* gedruckt hatte. Am Abend vor dem Fest trug Frau Neefe es in der Lesegesellschaft vor. Unter anderem hieß es da: »Und haben sie fleißig geschafft und getan / erst dann fällt das Wallen nach Poppelsdorf an. / Man kostet, wie Spargel in der Baumschule schmeckt / dabei wird in Ehren geküsst und geneckt.«

Einladungen zum Frühlingsfest hingen seit Tagen in Form von Flugschriften an den Türen der Häuser. Der Kurfürst war guter Laune und ließ mitteilen, dass auch er vorhabe, in die Baumschule zu kommen, um mit seinem Volk zu feiern. Am Vormittag sah man die Menschen in kleinen Gruppen zur Stadt hinausziehen. Einige saßen auf Wagen, die man mit Maien geschmückt hatte. Die Mädchen trugen Kränze im Haar, Frauen und Männer kleine Sträuße am Hut oder am Revers. Auch aus den umliegenden Dörfern war man gekommen, war es doch eine der wenigen Gelegenheiten, Seiner Hoheit Max Franz nahe zu kommen. Um die Wirtschaft herum standen mit Kränzen geschmückte Lauben und Buden, an denen Würste und Gebäck, Wein und Kaffee verkauft wurden.

Ludwig und Cilly hatten sich, wie mit den anderen verabredet, in der Mitte der Menge platziert und gingen von Laube zu Laube. Ludwig trug seine Dienstuniform, die jeder, der bei der Hofkapelle angestellt war, vom Hof gestellt bekam. Er hoffte, der Kurfürst würde ihn nicht sehen, denn die Uniform zu tragen, war nur bei musikalischen Aufführungen erlaubt. Ludwig trug sie deshalb, weil sein Degen dazugehörte. Er hatte zwar nie Fechten gelernt, aber er ging davon aus, dass er ihn würde gebrauchen können, wenn jemand Cilly oder ihm zu nahekäme. Lederwesten, wie Wegeler geraten hatte, trugen sie nicht. Dazu war es zu warm, und sie wären auch aufgefallen.

Während er Cilly herumführte, hielt er gleichzeitig nach den Männern aus Köln Ausschau. Franz Wegeler und Stephan von Breuning standen zwischen den Bäumen und taten, als seien sie in ein Gespräch vertieft. Cilly wurde zweimal von Bekannten angesprochen, die sie nach ihrem Verlobten Fritz oder nach den Eltern fragten. Dabei sahen sie befremdet auf Ludwig, und Cilly beeilte sich zu erklären, dass Ludwig der Hoforganist sei, der bei ihrer Hochzeit die Orgel spielen solle. Ludwig nickte verlegen und ging ein Stück allein weiter, um hinter einer Laube, die runde, mit Zucker bestreute Kuchen feilbot, auf sie zu warten. Als Cilly ihn dort sah, zog sie ihn heftig mit sich fort. »Das sind unsere Leute, die hier Kuchen verkaufen. Ich hoffe, mein Bruder ist zu Hause geblieben. Wenn nicht, geht das nicht mit unserem Plan. Ich habe Gottfried nicht eingeweiht. Er würde die Welt nicht mehr verstehen, wenn er sähe, dass seine Schwester mit einem von den Beethovens herumzieht.«

Ludwig hoffte inbrünstig, auch seine Brüder würden nicht oder erst später zur Baumschule kommen. Er hatte ihnen ein paar Groschen gegeben und ihnen aufgetragen, die Schlafzimmer zu putzen, da die alte Josefa diese Art von Arbeit verweigerte. Sie sei für das Kochen und Einkaufen zuständig, dafür habe Madame Beethoven sie seinerzeit eingestellt. Nach dem Tod der Mutter wurden sukzessive die beiden Mägde und das Küchenmädchen entlassen, weil man sie nicht mehr bezahlen konnte, und die Wohnung war in einem beklagenswerten Zustand. Staub und Schmutz überall, wie sich in der Frühjahrssonne überdeutlich zeigte.

Sein Bruder Johann wollte ohnehin erst später mit dem Apotheker kommen, der seiner Familie und den Gehilfen versprochen hatte, sie zu Kuchen und Wein einzuladen. Karl konnte man immer mit einem kleinen Verdienst locken, und er machte sich nichts aus Vergnügungen und Tanz. Wenn er Glück hatte, kamen die beiden erst in die Baumschule, wenn schon alles vorbei war.

In diesem Moment traten Wegeler und Stephan an ihn heran. Wegeler flüsterte ihm zu, dass die drei Kölner den runden Platz zwischen den Buden erreicht hatten. Der kleine Baron mit der Fistelstimme sah misstrauisch umher, Corzelius stierte die Mädchen an, während der dritte zielstrebig auf eine Wurstbude zuging. Wegeler tat so, als ob er sich eine Pfeife stopfte und zischte Ludwig zu, er solle sich von nun an in der Nähe der Männer aufhalten und Cilly »kompromittieren«.

»Und wie?«, fragte Ludwig beklommen.

»Du fasst sie um die Taille, du hebst ihr das Kinn, du flüsterst ihr ins Ohr, und erst wenn sie dich im Visier haben, gehst du mit ihr auf den Weg, der von der Stadt hierhin führt. Hast du alles verstanden?«

Ludwig nickte und fragte Cilly, ob auch sie Wegelers Anweisungen verstanden habe. Cilly nickte ihrerseits, senkte aber errötend den Kopf. Weil er sich vor Cilly schämte und um sie aufzumuntern, zog er sie zu einer Bude mit kleinen Galanteriewaren. »Such dir was aus! Ich schulde dir so viel!« Cilly schüttelte den Kopf, aber Ludwig hatte gesehen, wie ihr Blick an einem hellblauen Spitzenkragen hängengeblieben war. Er winkte dem Händler und ließ den Kragen in Papier einschlagen. Cilly schien sich zu freuen. Verschämt schaute sie um sich und versteckte das Geschenk in ihrem Beutel.

Am Eingang der Baumschule wurden Hochrufe laut, denn Seine Hoheit war mit einer Gruppe von Hofleuten und Gästen erschienen. Ludwig erkannte unter ihnen auch Belderbusch und Waldstein. Der Graf war von Stephan in ihre Pläne eingeweiht worden und nickte ihm zu. Neben Stephan stand Babette Koch, die einen tiefen Knicks erst machte, als Belderbusch auf ihrer Höhe war. Ludwig schnaubte verächtlich und zog Cilly weiter in die Nähe der Männer aus Köln, die sich mit anderen Schaulustigen am Rand des Platzes versammelt hatten.

Auch vor dem Gartenhaus begrüßte man den Kurfürsten mit Hochrufen. Max Franz winkte dem Volk zu und zog sich mit seiner Begleitung in den Pavillon zurück. Vier Lakaien trugen große Körbe hinter der Gesellschaft her, so dass man davon ausgehen konnte, dass der Kurfürst seine Gäste mit einem opulenten Imbiss bewirten wollte.

Als sich die Zuschauergruppe auflöste, gingen die drei Kölner zu einem Tanzboden, den ein Weinzäpfer neben seiner Bude eingerichtet hatte. Um den kreisrunden Boden standen Tische und Stühle. Ludwig nahm Cillys Hand und zog sie in die Mitte. Eine kleine Laienkapelle spielte zum Erbarmen schlecht ein paar Ländler. Ludwig fasste Mut, zog Cilly an sich, legte seine Hände um ihre Taille und schwenkte sie im Kreis herum. So hatten sie schon als Kinder zusammen getanzt, wenn die Beethovens im Haus der Fischers gefeiert hatten. Aus dem Augenwinkel sah er, dass die drei schwarzgekleideten Gesellen aus Köln Platz nahmen. Er schob Cilly nah am Tisch der Männer vorbei. Dabei tat er so, als flüstere er ihr ins Ohr. Corzelius, der Cilly taxierte, hatte ihn wohl erkannt, denn er beugte sich vornüber zu Zirpling hin und zeigte mit dem Kopf zu ihnen. In Ludwig schoss der Hass wie eine Fontäne hoch. Ihm war bewusst, dass mindestens zwei der Kölner ihn in der Kutsche misshandelt und fast umgebracht hatten. Er zog Cilly noch näher an sich und drückte seine Wange an ihr Gesicht. Cilly wich zurück, aber Ludwig gab nicht nach.

»Sie beobachten uns, also spiel mit!«, zischte er Cilly ins Ohr. Auf sein Kommando hin gebärdete sich Cilly plötzlich ganz wild und drückte sich eng an ihn, so eng, dass es Ludwig heiß durchfuhr. Cillys rundlicher Körper erinnerte ihn an die Frau aus dem »Anker«, und der Duft ihres Halses machte ihn schwach. Für ein paar Augenblicke verlor er die Orientierung. Die scheußliche Musik rauschte in seinen Ohren, während dicht vor seinen Augen das kleine Ohr der Bäckerstochter mit seiner feinen Zeichnung schwebte. Es erschien ihm als ein sehr kunstvolles Gebilde. Abrupt blieb er stehen.

Cilly sah ihn entgeistert an. »Warum tanzt du nicht mehr?«

Ludwig versuchte, seiner Benommenheit Herr zu werden, und sah zu den Männern hinüber. Alle drei starrten sie an. Corzelius machte ein finsteres Gesicht, der kleine Baron schaute empört. Er sprach leise mit dem dritten Mann, dessen Augen böse funkelten. Ludwig ließ seine Hände von Cillys Taille auf den Hintern sinken, eine Geste, die in der Öffentlichkeit absolut unschicklich war. Er bemerkte, wie die Männer erstarrten. »Lass uns jetzt gehen, Cilly«, flüsterte er der Bäckerstochter zu. »Wenn sie uns folgen, dann haben sie den Köder geschluckt!« Cilly nickte, und sie verließen Hand in Hand den Tanzboden.

Als sie an der Musikkapelle vorbeikamen, hielt ihnen ein altes Männlein seine Mütze hin und bettelte um einen Groschen, aber Ludwig drängte ihn aus dem Weg. Der Alte fluchte hinter ihnen her, während Ludwig Cilly in Richtung Wald zog. Bevor sie in den Waldweg einbiegen konnten, kamen sie an einem Stand mit Kaffee und Brezeln vorbei, an dem Babette mit Stephan von Breuning und ihrem Bruder Matthias stand. Babette hielt mit gespreizten Fingern eine kleine Kaffeetasse vor sich und sah die beiden eindringlich an. Dann bemerkte sie laut, dass ihre Mutter und Dr. Crevelt auch beim Tanz gewesen seien. Sie hätten sich gefragt, ob Ludwig und Cilly jetzt verlobt seien. Cilly wurde hochrot und schüttelte den Kopf. »Mein Verlobter ist der Fritz!«, stammelte sie verlegen.

»Verlobungen lassen sich ja lösen«, bemerkte Babette trocken, während sie Ludwig einen Blick aus halb geschlossenen Augen zuwarf.

Ludwig packte Cillys Arm und zog sie weiter.

Noch bevor sie den Waldweg erreichten, kam ihnen jemand nachgelaufen und fasste Ludwig beim Arm. Es war ein Lakai des Kurfürsten, der, etwas außer Atem, Ludwig bat, mitzukommen. Seine Hoheit habe den Wunsch geäußert, Ludwig zu sehen.

Ludwig blieb stehen. Wenn er dem Bedienten nicht folgte, das ahnte er, würde er Wien abschreiben können. Er zögerte einen Augenblick, dann sagte er bestimmt: »Richte Seiner Hoheit aus, ich könne nicht kommen. Ich sei in der Schlacht!« Dann zog er Cilly weiter in den Wald hinein, bis sie an einer Wegkreuzung wie verabredet auf Wegeler trafen, der sich dort versteckt hatte.

»Geht weiter bis zum Tannenwäldchen, wo sich die Gendarmen versteckt halten. Davor bleibt ihr stehen und küsst euch, wenn sich die Kerle nähern. Ich gebe euch durch einen Pfiff Bescheid, wenn sie auftauchen.«

In der Nähe der Tannen zeigte der Boden den Abdruck vieler Pferdehufe. Die Gendarmen waren wohl bis hierhin geritten. Ludwig vernahm sogar ein leises Schnauben, die Pferde konnten nicht weit sein. Plötzlich tauchte hinter ihnen noch jemand auf und rief Ludwigs Namen. Diesmal war es Matthias Koch.

»Ludwig, ich muss dich warnen. Der Fritz, Cillys Verlobter, sucht nach dir! Er ist angetrunken und sehr wütend. Meine Schwester hat ihm erzählt, man habe euch zusammen auf dem Tanzboden gesehen.«

Cilly schrie leise auf und hielt sich vor Schreck die Hand vor den Mund.

In diesem Moment ertönte ein leiser Pfiff von Wegeler, der besagte, dass die Kölner auf dem Weg zu ihnen waren. Ludwig scheuchte Matthias weg, der wie angewurzelt und mit weit aufgerissenen Augen stehengeblieben war. »Verschwinde gefälligst! Du wirst sonst noch alles verderben!« Dann drängte er Cilly an einen Baumstamm. Cilly wand sich in seinen Armen hin und her, um sich zu befreien. Die Nähe ihres Verlobten ließ sie den ganzen Plan vergessen. Sie wollte nur rasch weg, um die Schande einer Begegnung mit Fritz zu vermeiden. Ludwig musste sie mit Macht festhalten, und ihr beider Benehmen wirkte jetzt so, als wolle Ludwig ihr Gewalt antun.

Dann ertönte ein zweiter Pfiff. In diesem Moment erreichten der kleine Baron und Corzelius die Lichtung. Zirpling kam mit einem Dolch, mit dem er vor Ludwig herumfuchtelte, während Corzelius das Mädchen an sich riss. Auch Wegeler stürmte jetzt auf die Szene und rief laut nach den Gendarmen. In das allgemeine Getümmel stürzte von rechts ein kräftiger junger Mann, und noch bevor die Gendarmen auftauchten, hatte er Corzelius niedergeschlagen und Cilly befreit.

Matthias und Wegeler überwältigten den kleinen Baron und entwanden ihm den Dolch. Cilly war ihrem Fritz laut weinend in die Arme gefallen und ließ sich von ihm trösten. Mit etwas Verspätung tauchten vier Gendarmen zu Fuß und zwei zu Pferde auf und bemächtigten sich der beiden Geheimbündler. Ludwig betastete seinen Hals. Zirpling war ihm hinterrücks auf den Rücken gesprungen und hatte ihm, dabei laut krähend, den Dolch an die Kehle gesetzt. Er fühlte etwas Blut an seinen Fingern. Offenbar hatte der Baron seinen Hals geritzt, jedoch sein Werk durch die Hilfe der Freunde nicht beenden können. Noch ehe er aber lange darüber nachsinnen konnte, riss ihn jemand herum. Es war Fritz, Cillys Bräutigam, der ihm einen heftigen Schlag ins Gesicht versetzte, so dass er taumelte. »Du fasst meine Braut nicht noch mal an, hast du das verstanden?«, schrie der Zimmermann.

Cilly heulte auf und stürzte sich zwischen die beiden, während Ludwig sich die Wange rieb. Dabei spürte er, wie sein rechtes Auge, das nach dem Überfall gerade geheilt war, erneut zuschwoll. Er hörte noch, wie die Übeltäter abgeführt wurden, hielt sich die Hand vors Auge und lief, ohne sich noch einmal umzudrehen, zu dem Pfad in Richtung Stadt.

Schon auf dem Weg zurück brach sich etwas in ihm Bahn, eine Art Jubel, den er unbedingt zu Papier bringen musste. Ein Lied der Freude, ein triumphierender Gesang auf das Leben. Ihm standen die vielen Fahrten vor Augen, die er als Kind und Jugendlicher mit dem Vater über Land gemacht hatte. Wie viel sie zusammen gelacht hatten, wenn sie später in der Kutsche über das ländliche Publikum Witze machten! Er erinnerte sich an die schöne Stimme des Vaters, wenn er seine Lieder sang und Ludwig ihn am Klavier begleitet hatte. Der Jubel und die Freude bei den Zuhörenden, wenn sie die Liederabende beendeten, die Bitte um Zugaben, so lange, bis sie beide erschöpft in die Kutsche gesunken waren. Und wie der Vater der Mutter anschließend sämtliche Münzen, den ganzen Verdienst des Abends, stolz in die Schürze gekippt hatte. Er lief über den Münsterplatz, vorbei am Breuningschen Haus, über den

Marktplatz zum Perettihaus, dort die Treppe hoch, wäre fast über die Katze gestolpert und suchte fieberhaft nach dem Notenpapier, das er vor sich selbst versteckt hatte. Er fand es auf der Fensterbank hinter einem Geranientopf. Hastig öffnete er die Rolle, zog ein Blatt hervor und skizzierte einen neuen Anfang des Ritterballetts. Dann ergriff er das nächste Blatt und schrieb darüber »An die Freude«. Seine Hand flog über das Papier. Ja, so, genauso, würde es klingen müssen. Triumphierend. Zunächst nur für das Klavier, es fehlte das Sinfonische, aber das Prinzip war da. Es war, als spielte er die Freude, die ihn durchströmte, auf dem Klavier, und er hielt alles fest. Dann gab er sich an Waldsteins Auftrag. Sein Herz schlug wie wild. Etwas war wieder in Fluss gekommen, seine Einfälle sprudelten wie früher. Nach zwei Stunden war der Boden um ihn herum mit Notenblättern bedeckt, auf denen ganze Szenen des Ritterballetts geschrieben waren. Am Ende nahm er erschöpft im Sessel der Mutter Platz, lehnte sich zurück und besah sich mit einem tiefen Seufzer sein Werk. Es war aus ihm hervorgebrochen wie ein Sturzbach. Als wäre ein Wehr gehoben worden und alles gestaute Wasser hätte sich auf einmal in das trockene Bachbett ergossen.

## 23

Am anderen Morgen hörte er den Vater, der in der Stube für sich eine Gesangspartie einstudierte. Man hatte ihn zwar kürzlich aufgrund seiner Trunksucht vom Dienst entbunden; Johann van Beethoven hielt jedoch an seinen täglichen Übungen fest. Ludwig verharrte auf der Treppe und hörte dem Vater eine Weile zu. Er erinnerte sich, dass dessen Stimme früher einmal weich und geschmeidig gewesen war. Jetzt hatte sich vom vielen Wein ein Kratzen eingeschlichen. Trotzdem war die Stimme in allen Tonlagen genau und ließ den Zuhörer an der Leidenschaft teilhaben, die den Sänger einmal erfüllt haben musste. Ludwig war gerührt. Sie waren Musiker, sein Großvater, sein Vater und er. Mit ihren Stimmen und ihren Händen schufen sie Musik, das war ihr Leben, und das verband sie. Der Großvater hatte es als Sänger, durch Protektion, wie es hieß, zum Kapellmeister geschafft. Er, Ludwig, hatte seinen Weg als Pianist und Kapellmeister noch vor sich. Der Vater war gescheitert, aber sie hatten sich alle drei der Musik verschrieben; das war das Band zwischen ihnen.

Ludwig ging die Treppe wieder hoch und betrat die Stube. Der Vater stand da, bleich und zerzaust, die Kleider unordentlich und sah ihn mit übernächtigten Augen an. Ludwig ging auf ihn zu. Der Vater zuckte etwas zurück und machte ein erstauntes Gesicht, als Ludwig ihn in seine Arme nahm. Johann van Beethoven legte seinen Kopf auf die Schulter seines Sohnes und begann leise zu weinen. Ludwig wiegte ihn eine Weile in den Armen wie ein Kind. Dann ließ er den Vater los, sammelte alle seine Notenblätter der letzten Nacht zusammen und legte sie in eine Mappe, um sie mit Neefe zu besprechen. Ohne ein weiteres Wort verließ er das Haus und ging zur Schlosskapelle.

Auch mit Eleonore kamen die Dinge wieder in Ordnung. Er hatte ihr einen Brief geschrieben und sich bei ihr entschuldigt, mit der

Bitte, ihm die beste Freundin zu bleiben, die sie immer schon für ihn gewesen sei. Und Eleonore hatte ihn gebeten, den Unterricht fortzusetzen, ohne ein weiteres Wort über das Vorgefallene zu verlieren. Ihre Zeilen, so musste er bewundernd feststellen, waren das Klügste und Versöhnlichste, das ein Mensch in dieser Situation hätte antworten können. Sie hatte ihm auch noch einmal die Verse geschickt, die sie ihm zum Geburtstag im Dezember gedichtet hatte: »›Glück und langes Leben, wünsch ich heute dir / aber auch daneben, wünsch ich etwas mir / Mir in Rücksicht deiner, wünsch ich deine Huld / Dir in Rücksicht meiner, Nachsicht und Geduld.‹ Von deiner Freundin und Schülerin Lorchen von Breuning.«

Ludwig faltete das Blatt mit den Versen sorgfältig zusammen und steckte es in seine Rocktasche. Er wollte es hüten wie einen Schatz und immer bei sich tragen. Dennoch war Eleonore nicht wie die, die er vor seinem ungeschickten Antrag gekannt hatte. Sie war reserviert und gestand ihm, dass sie über die Vorgänge in der Baumschule von der guten Babette gehört habe, und ob es wirklich wahr sei, dass er diese Cilly um die Taille gefasst und sogar geküsst habe. Auch wenn sie, Eleonore, sich ihm entgegengestellt habe, so sei das noch kein Grund, in aller Öffentlichkeit sich als Galan der Bäckerstochter aufzuführen. Das schmälere seinen Ruf und damit auch den ihren, weil er in ihrem Elternhaus aus- und einginge, und ein Hallodri als Klavierlehrer stehe einer Hochwohlgeborenen nicht an. Ludwig bemerkte mit Befriedigung, dass sie sich nicht nur um ihrer beider Ruf Gedanken machte. Auch eine Spur von Eifersucht mischte sich in ihre Belehrung, denn nach einer Pause fragte sie mit kleiner Stimme: »Musstest du sie denn wirklich auf den Mund küssen?«

Babette hatte die Freundin offenbar über jede Einzelheit der Vorgänge in der Baumschule in Kenntnis gesetzt. Ludwig spürte den Ärger, der seit langem in ihm schwelte, was Babette anging. Er schilderte Eleonore, was sich in der Baumschule abgespielt hatte, und dass alle Gesten und all sein Tun Theater gewesen seien, aufgeführt, um die Männer der *milites virtutis* in eine Falle zu locken.

Dass er sich inzwischen sogar mit Fritz, dem Verlobten Cillys, versöhnt habe, den ihm ihre gute Babette auf den Hals geschickt und der ihn aus Eifersucht niedergeschlagen habe. Etwas, was Babette ebenfalls erzählt hatte, jedoch offenbar so, als sei Fritz zu Recht aufgebracht gewesen und Ludwig habe die Prügel verdient bezogen. »Und wenn dich das alles nicht überzeugt, dann vielleicht die Tatsache, dass Fritz und Cilly mich für ihre Hochzeit als ihren Trauzeugen bestimmt haben.«

Er ergriff Lores Hände und bat sie, ihm Glauben zu schenken, wenn er beteuere, dass er eigentlich mit all dem gar nichts zu tun haben wollte, aber Stephan, ihr Bruder, habe an seiner Loyalität und an seinem Mut gezweifelt, und da habe er unbedingt etwas tun müssen.

Lore sah ihn mit großen Augen verwundert an. »Stephan? Was hat der mit der Sache zu tun?« Als Ludwig schwieg, fügte sie entschlossen hinzu: »Nun gut, ich werde ihn fragen! Lass uns die Lektion fortsetzen!« Dabei legte sie ihre kleinen Hände auf die Tasten und wartete auf Ludwigs Zeichen zum Auftakt.

Auf dem Heimweg ging Ludwig am »Zehrgarten« vorbei, um Babette Koch zurechtzuweisen. Sie hatte es verdient, dass er ihr einmal gründlich die Meinung sagte. Babette saß wie immer an ihrem Tisch. Sie schnitt heute keine Schattenrisse, sondern las in einem Buch. Es war ein englischer Roman, denn Babette hatte mit Erlaubnis der Hofrätin eine Zeitlang am Englischunterricht Eleonores teilnehmen dürfen und sich dann durch Lektüre weitere Kenntnisse der englischen Sprache verschafft. Ihre Wangen waren gerötet. Offenbar war das Buch fesselnd, denn sie sah Ludwig mit Augen an, die wie aus weiter Ferne zurück in die Buchhandlung kamen.

Ludwig stand nah vor ihrem Pult und schaute finster auf sie herab. »Mir ist nicht klar, warum du unbedingt Zwietracht säen musst zwischen Eleonore und mir. Was hast du davon? Was habe ich dir getan?«

Babette sah ihn erstaunt an. »Wenn du die Baumschule meinst: Ich habe lediglich wiedergegeben, was sich vor meinen Augen abgespielt hat. Wie du die Cilly Fischer an dich gedrückt, wie du sie geküsst hast, das habe ich deutlich gesehen. Und dass du mit ihr verschwunden bist, auch. Es war ja in meiner Nähe. Ich hielt es für meine Pflicht, Eleonore aufzuklären.«

Ihre schweren Lider senkten sich, und sie neigte ihren Kopf madonnenhaft zur Seite. Ludwig schäumte innerlich, versuchte aber, sich zu beherrschen.

»Du weißt genau, dass wir ein Theaterstück aufgeführt haben, um die Missetäter in die Falle zu locken. Matthias war eingeweiht, er sollte dir Bescheid geben.«

Babettes langgliedrige Finger strichen langsam über die Seiten des aufgeschlagenen Buchs. »Matthias hat mich eingeweiht in eure Ränke, aber ich konnte sehen, dass du nicht unbeteiligt warst bei eurem Spiel und auch die Cilly nicht. Eine solche Leidenschaft lässt sich von einem Musikus nicht spielen.« Dann fügte sie mit eingebildeter Miene hinzu: »Und schon gar nicht von einer Bäckerstochter! Da hielt ich es für meine Pflicht —«.

Hier wurde sie von Ludwig unterbrochen, der so heftig mit der Faust auf den Lesetisch schlug, dass Babettes Tintenfass einen kleinen Hüpfer machte. »Was soll das? Bist du eifersüchtig? Und wenn es so gewesen wäre, warum musst du Eleonore da hineinziehen?«

Babette zog ihre Augenbrauen hoch, ihr Blick war kühl. »Wie könnte ich eifersüchtig sein? Mein Streben geht auf einen ganz anderen Mann. Aber Eleonore hat angedeutet, dass du sie bedrängt hast, deine Frau zu werden. Da hielt ich es für meine Pflicht einzuschreiten. Die gesellschaftlichen Schranken müsstest doch gerade du als Musikus wahren, denn du stehst im Dienst des Hofes. Wenn ein Adeliger nach unten heiratet, das mag wohl angehen. Die Hofrätin selbst stammt aus bürgerlichem Haus und wurde eine von Breuning, aber kaum ein Bürgerlicher führt eine Adelige heim. Schon gar nicht, wenn er ein armer Schlucker ist!« Den letzten Satz hatte sie mit einer leisen Genugtuung gesprochen.

Weil er wusste, dass Babette recht hatte, wurde Ludwig noch wütender. Er konnte sich nicht länger zurücknehmen und schrie sie an. »Dann geh doch zu deinem glupschäugigen Grafen! Ich wünsch dir viel Glück mit all seinem Reichtum! Du weißt nämlich nix von Liebe und kennst nur Berechnung! Wirtshaustochter, du!« Dann rannte er auf den Marktplatz hinaus.

Babette schaute wieder in den Roman, den eine Frances Burney verfasst hatte, die einmal Hofdame der englischen Königin Charlotte gewesen war. Die Titelheldin des Romans, Evelina, sucht ihren Weg ins Leben und in die Gesellschaft. Ihr Vater, ein Adeliger, erkennt sie nicht als Tochter an, sie lebt daraufhin bis zum siebzehnten Lebensjahr in ländlicher Abgeschiedenheit, kommt nach London und lernt dort einen jungen Adeligen kennen und lieben. Nach einigen Irrungen und Wirrungen finden sich die Liebenden. Eine Geschichte, die Babette aus der Seele sprach. Auch sie würde einmal den Marktplatz verlassen, den Krautgeruch, die Säufer und den Tabakqualm der Schänke hinter sich lassen und in einem prächtigen Haus wohnen. Dessen war sie gewiss.

## 24

Die beiden Männer aus Köln hatte man ins Zuchthaus gebracht, wo sie auf ihren Prozess warteten. Der dritte Mann, Manderfeld, war geflohen. Man nahm an, dass ihn jemand gewarnt hatte. Die Gendarmerie beklagte den Verlust eines Rappen. Man vermutete, dass sich der Geflohene auf die Suche nach seinen beiden Kumpanen gemacht, den Aufruhr entdeckt und, angesichts der Gefangennahme von Corzelius und Zirpling, eines der Pferde gestohlen und sich damit nach Köln abgesetzt hatte. Nach einigen Tagen wurde dann im Vorgebirge ein herrenloser Rappe gefunden, der sich auf einer Weide zu anderen Pferden gesellt hatte. An den Satteltaschen erkannte ein Bauer, dass er zur Kurfürstlichen Gendarmerie gehörte, und schickte seinen Sohn mit ihm nach Bonn. Das Pferd hatte seinen Reiter offenbar im Galopp abgeworfen, denn man fand Manderfeld etwas später mit zerschmettertem Schädel in einem Hohlweg.

Der Kurfürst selbst besuchte die beiden Delinquenten Zirpling und Corzelius im Gefängnis und war bei ihrer ersten Befragung anwesend. Sie hatten, wie Wegeler erfuhr, beharrlich geschwiegen, auch als man ihnen ihre Halsketten abnahm und ihnen die Zeichnungen zeigte, die Wegeler von den beiden Opfern gemacht hatte. Sie gaben zu, den *milites virtutis* anzugehören. Ihr Orden sei jedoch so groß, dass etliche andere Mitglieder für die Morde in Frage kämen. Sie forderten eine Überführung in ihre Heimatstadt. Der Kurfürst hatte jedoch angeordnet, die Brotration der beiden vorerst drastisch zu kürzen, um sie geständiger zu machen.

Max Franz hatte Ludwig und Cilly zu einer kurzen Audienz gebeten, ihnen von seinem Godesberger Wasser angeboten und ihnen freigestellt, einen Wunsch zu äußern. Cilly trug ihr bestes Kleid und den blauen Spitzenkragen, den Ludwig ihr geschenkt hatte, Ludwig seine seegrüne Dienstuniform mit Degen. Cilly überreichte dem Kurfürsten eine besondere Torte aus der Hand ihres Vaters. Dann fragte sie scheu, ob Seine Hoheit einmal die Patenschaft über ihr erstes Kind übernehmen wolle. Ludwig hatte den Fürsten »untertänigst« an sein Reisevorhaben erinnert. Max Franz hatte leutselig und ein wenig abwesend genickt und jedem von ihnen »fürs erste« einen Florin geschenkt.

Dann wurde es allmählich wieder ruhig in der kleinen Stadt. Nach zehn Tagen eingeschränkter Kost hatten die beiden Männer aus Köln die Morde zugegeben. Der Corzelius hatte an den Gitterstäben gerüttelt und nach Brot geschrien, der kleine Zirpling hingegen in krähendem Diskant unentwegt Flüche ausgestoßen. Über die Unzucht der Jugend, die diese Stadt, unter den Augen des Erzbischofs Max Franz, zu einem Sündenpfuhl mache. Über die allgemeine Gottlosigkeit, die in der Presse, der Universität und an allen Orten des geistigen Lebens herrsche. Und darüber, dass der Erzbischof Häretik und Unglauben fördere, indem er die Gottlosen in Ämter hebe.

Den Überfall auf den Hoftenoristen Jean van Beethoven leugneten beide weiterhin beharrlich.

Die Lesegesellschaft hatte jetzt, da die Gefahr gebannt war, neuen Zulauf, und auch Anton Graf Belderbusch nahm, wenn er nicht in Geschäften unterwegs war, regelmäßig an ihren Sitzungen teil. Waldstein hatte ihn mit Babette Koch bekannt gemacht, und die junge Frau sollte sich ab dem Sommer gemeinsam mit einem Hauslehrer um seine Kinder kümmern.

Nach einer Sitzung der Lesegesellschaft trafen sich die drei Freunde im »Zehrgarten« und sprachen über das bestandene Abenteuer. Stephan von Breuning hatte inzwischen auch die Hofrätin und Eleonore unterrichtet. Beide Frauen waren entsetzt gewesen angesichts der Gefahr, in die sich alle Beteiligten begeben hatten. Die Hofrätin war ihrem Sohn böse, dass er sie nicht eingeweiht hatte. Auf keinen Fall erlaube sie es, dass er noch einmal nach Köln fahre. Bei einem Abendessen hatte sie jedoch den Mut aller, die Weitsicht Wegelers im besonderen, gelobt und auf Ludwig, der die gefährlichste Mission übernommen habe, das Glas erhoben. Ludwig hatte verlegen den Kopf gesenkt, während Eleonore ihrer Mutter heftig nickend beipflichtete.

Wegeler hatte die beiden jüngeren Männer eingeladen und bat die Witwe Koch, ihnen auf seine Rechnung ihren berühmten Sauerbraten aufzutischen. Wie gewöhnlich drückte er sein Kinn auf die Brust und schaute nachdenklich in die Runde. »Eine Sache ist mir noch immer nicht klar, warum man beim alten Beethoven ein anderes Zeichen als sonst gemalt hat. Man hat versucht, das Kreuz mit Kreide auf seinen Mantel zu malen. Weil das nicht gelang, hat man es neben ihn auf das Pflaster gemalt. Es sieht aber nicht so aus wie das Kreuz an den Leichen. Das Kreuz an den Toten war ein Malteserkreuz. Bei Johann van Beethoven hat man nur ein schlichtes Kreuz gemalt und das M und das V groß darüber geschrieben. Das wäre im Original nicht möglich gewesen, weil M und V im Lateinischen als Zahlen dienen und nicht die Abkürzung für *milites virtutis* hätten sein können. Bei den Kreuzen an den Toten und an der Halskette waren die Buchstaben klein und saßen in der Mitte des Querbalkens. So wie hier!«

Wegeler zog das Kreuz des Tugendsoldaten Corzelius aus der Tasche und legte es auf den Tisch. Ludwig und Stephan sahen es zum ersten Mal. Es war ein kunstvoll gearbeiteter Anhänger. Das Malteserkreuz bestand aus hellem Opal. In den Querbalken waren die Buchstaben m und v links und rechts in Schwarz eingelegt. Alle acht Zacken der Balken waren von kleinen Bogen umgeben, so dass das weiße Kreuz in einer aus acht Bögen bestehenden goldenen Rahmung ruhte.

Ludwig nahm es in die Hand und betrachtete es sorgfältig von beiden Seiten.

»Vielleicht hat jemand im Auftrag gehandelt, und man hat ihn nicht genug instruiert!«, mutmaßte Stephan von Breuning.

Wegeler nickte. »Daran habe ich auch schon gedacht. Dein Vater hatte Glück, Ludwig! Wären es die Herren selbst gewesen, hätte man vermutlich auch ihm die Kehle durchgeschnitten.«

Auch Stephan besah sich den Anhänger. »Fast wäre ich bei denen Mitglied geworden. Man hätte auch mir eine solche Kette umgehängt«, sagte er mit leichtem Bedauern. »Pater Sion wollte mich dort einschleusen, damit ich die Tugendsoldaten für ihn hätte bespitzeln können. Stattdessen lese ich jetzt von morgens bis abends Gesetzestexte, was wirklich ein weit weniger großes Abenteuer ist.«

»Immerhin eines, bei dem du überlebst«, sagte der praktische Wegeler und hob sein Glas. »Prosit! Wir haben den Fall gelöst, haben der Stadt und dem Kurfürsten einen Dienst erwiesen und sind mit heiler Haut davongekommen.« Dann schwiegen alle drei voller Andacht, denn die Witwe Koch brachte eine große Platte mit duftendem Sauerbraten in samtbrauner Sauce, während Matthias mit einer Schüssel Klöße und einer zweiten mit Kompott aus Äpfeln herbeieilte. »Guten Appetit, die Herren!«, rief die Witwe, an der noch immer der Verlust ihrer gut zahlenden Kölner Gäste nagte.

Ludwig war an diesem Abend der glücklichste der drei Freunde. Er hatte in den letzten Tagen ununterbrochen komponiert und Klavier gespielt. Er sah sich schon als Kapellmeister an einem renommierten Hof. Er würde aus seiner Kapelle eine Ansammlung hervorragender Musiker machen, damit sein Ruhm sich rasch verbreitete. Er würde es vor allem Babette Koch zeigen, was in ihm steckte und dass seine Kunst noch jede gesellschaftliche Schranke überwand.

Er blickte in das Lesekabinett des »Zehrgarten« hinüber, in dem Babette unbewegt saß und las. Ihr schönes Profil wirkte wie aus hellem Porzellan, das tiefschwarze Haar hatte sie seit neuestem im Nacken zu einem Knoten zusammengebunden, und Ludwig empfand plötzlich einen großen Schmerz. Hatte er nicht nur Eleonore, sondern auch Babette geliebt? Und war es nicht schmerzlicher, eine Bürgerstochter, eine vom gleichen Stand, nicht erringen zu können als ein Fräulein von Adel?

Dann besann er sich. Die Frauen, die Liebe, das war alles gut und schön. Drängender war es jetzt, die Welt zu erobern und allen zu zeigen, was in ihm steckte. Die Prinzessin musste warten, bis er auf hohem Ross daher geritten käme, um sie heimzuholen. Dabei fiel ihm ein, dass er das Reiten hasste. Nein, seine Angebetete würde, wenn er als Kapellmeister seine Erfolge feierte, in der ersten Reihe sitzen und aus großen Augen bewundernd zu ihm aufblicken. Das erschien ihm das Wünschenswerteste.

## Coda

Zwei Jahre später, eine rötliche Novembersonne sendet letzte warme Strahlen über den Marktplatz, steht der Postwagen nach Wien für Ludwig bereit. Im »Zehrgarten« wird er von den Freunden verabschiedet. Mozart ist im Jahr zuvor gestorben, aber Ludwig hat Haydn bei dessen Besuch in Bonn kennengelernt, und Graf Waldstein hat ihm ins Stammbuch geschrieben, dass er in Wien Mozarts Geist aus Haydns Hand empfangen werde. Das Ritterballett, das er für Waldstein komponiert hatte, war mit Erfolg, wenn auch unter Waldsteins Namen, aufgeführt worden. Die Vertonung von Schillers »An die Freude« hat Ludwig weiterhin beschäftigt; er wird die Komposition endgültig aber erst dreißig Jahre später als Chorfinale zu seiner neunten Symphonie in Angriff nehmen.

Jetzt sitzt er erwartungsvoll im Postwagen. Er weiß nicht, dass er Bonn nie wiedersehen wird, und er ahnt auch nicht, dass sein Vater schon einen Monat nach seiner Abreise sterben wird. In seinem Gepäck befindet sich das Erinnerungsbuch der Freunde. Eingetragen haben sich neben Waldstein auch Matthias Koch, Dr. Crevelt und Eleonore von Breuning, Lore mit der Zeile: »Deine einzig wahre Freundin: Eleonore von Breuning«. Babette Koch hat nichts geschrieben; sie ist wohl noch immer nicht gut auf ihn zu sprechen.

Ludwig summt leise vor sich hin. Melodien zum Abschiednehmen, zur Sehnsucht nach den Freunden und dem Schmerz, die Heimat zu verlassen, erklingen in seinem Kopf, konterkariert von aufgeregten Tonläufen zu Aufbruch und Neubeginn. Die Tasche mit dem Notenpapier liegt leider zusammen mit dem Gepäck aller anderen Reisenden oben auf dem Wagen. So summt er leise, nur für sich selbst hörbar, kleine Melodieverläufe und prägt sie sich ein, damit er sie am Abend notieren kann. Seit langem geht ihm eine Melodie zu dem Schiller'schen Vers «Brüder – überm Sternenzelt

/ muss ein lieber Vater wohnen« nicht mehr aus dem Kopf. Seinen Vater wird er nicht mehr wiedersehen. Die Brüder werden ihm nach Wien folgen, wo Ludwig so lange von den Zuwendungen des Kurfürsten lebt, bis Max Franz selbst vor den napoleonischen Truppen fliehen und aus Bonn nach Wien zurückkehren muss. Ludwigs Reise wird ein Abenteuer, denn sie geht durch ein Kriegsgebiet. Die Franzosen stehen vor Mainz, und die Kutsche kreuzt das Aufmarschgebiet der hessischen Truppen. Es ist das Verdienst des beherzten Kutschers, der sich einen Weg durch das Getümmel bahnt, dass sie auf ihrer Route nach Nürnberg weiterkommen.

Ludwig ahnt auch nichts von den großen Erfolgen, die ihm die Zukunft bringt, weiß noch nichts vom Schrecken der Taubheit, der ihn früh heimsuchen wird, dass Eleonore einmal Franz Wegeler das Ja-Wort geben wird, dass Babette Koch tatsächlich, nach Jahren als Erzieherin und Geliebte des Hausherrn, Gräfin Belderbusch werden und als solche Napoleon in Bonn empfangen wird. Und dass er, Ludwig, mit seiner ›unsterblichen‹ Geliebten aus der Wiener Zeit, Gräfin Brunsvik-Deym, aus Standesgründen nie wird zusammenleben können.

Jetzt sitzt er erst einmal, befreit von den Kümmernissen seines Bonner Lebens, in der Kutsche nach Wien. Er summt leise vor sich hin, ist abenteuerlich gestimmt und guter Dinge. Als er tief in die Tasche seines Umhangs greift, um nach seinem Schnupftabak zu suchen, fällt ihm etwas Rundes, Weiches in die Hand. Es ist ein kleines, vom Straßenpflaster stumpf gewordenes Stück Kreide, das er langsam zerbröselt.

## Nachwort

Den schönen Satz »Als ob der liebe Gott einem in roten Samthosen die Kehle hinunterrutscht!«, sagt der Schauspieler Frédérick Lemaître in Marcel Carnés Film *Kinder des Olymp.*

Die Ausführungen Graf Waldsteins über Casanova entstammen den Memoiren des Fürsten Charles de Ligne, in denen er über Casanova auf Dux berichtet.

Für freundliche Vorablektüre, für Rat und wichtige Hinweise danke ich Georg Gansen, Marita Häuser, Gabriele John und Norbert Oellers.

Bonn, im Frühherbst 2019

# Von 1782 in unserer Zeit gestrandet

*Gitta Edelmann*

**Ludwig und die Suche nach dem Geheimcode**

Ein Beethoven-Kinderkrimi

108 Seiten, 13,5 × 21 cm, Paperback, ISBN 978-3-87062-328-9

Wen haben Kathrin und Leo beim Bonner Rosenmontagszug da bloß kennengelernt? Er sagt, sein Name sei Ludwig van Beethoven! Tatsächlich ist der elfjährige Ludwig versehentlich durch eine Zeitmaschine ins heutige Bonn geraten. Mit Hilfe der Rätselsprüche aus dem Notizbuch des Erfinders gehen die Kinder in den Bonner Museen auf die Suche nach dem Rückkehrcode. Viel Zeit bleibt ihnen wegen der Museumsdiebe nicht …

cmz

## Morde und Torten im Bonn von 1900

*Heidi Möhker*
**Fräulein Broich**
Historischer Kriminalroman

320 Seiten, 13,5 × 21 cm, Paperback, ISBN 978-3-87062-297-8

Henny Broich möchte im Jahre 1900 beweisen, dass sie als Frau ebenso mündig ist wie ein Mann. Im aktuellen Fall gelingt es der Krankenpflegerin mit ihren Mitteln, die Morde an Bonner Hoteliers aufzuklären, in die ihr Vater, Theodor Broich, und ihr neuer Freund Oskar Moosfeld verwickelt sind. Zugleich lehrt sie ihre Freundin Meta Bruchmann, zu ihren Talenten zu stehen, denn Metas Torten sind die allerbesten in der Stadt.

cmz

# Bonner Kaffee, Elbwasser und drei Leichen

*Paul Schaffrath*
**Hansen**
Kriminalroman

300 Seiten, 13,5 × 21 cm, Paperback, ISBN 978-3-87062-317-3

Zwei Tote in Bonn: der Inhaber einer Kaffeerösterei und der Teilhaber eines Delikatessengeschäfts. Kriminalhauptkommissar Krüger, auch bei seinem fünften Fall ohne Vornamen, soll die Fälle aufklären. Aber erst, als er einen Zusammenhang mit einem dritten Toten in der Hamburger Speicherstadt sieht und sich einen lange verdrängten Abschnitt seines Lebens in Erinnerung ruft, lichtet sich das Dunkel um die Toten.

cmz